Fabio Stassi · Die letzte Partie

FABIO STASSI

DIE LETZTE PARTIE

ROMAN

Aus dem Italienischen von
Monika Köpfer

KEIN & ABER

Die Originalausgabe erschien 2008 unter dem Titel
La rivincita di Capablanca bei minimum fax, Rom.

Der Auszug aus dem Gedicht *J. Alfred Prufrocks Liebesgesang* von T. S. Eliot wurde entnommen aus: *T. S. Eliot, Gedichte.* Suhrkamp, Frankfurt 1964, S. 9.
Deutsch von Klaus Günther Just

Deutsche Erstausgabe

Coverfoto: © Giuseppe Cavalli, *Solitario,* 1948
Archiv »Giuseppe Cavalli«, 284 M
Aus dem Bildband *Neorealismo,* Christoph Merian Verlag/ Fotomuseum Winterthur
Covergestaltung: Nicholas Ditzler
Satz: Dörlemann Satz, Lemförde
Druck und Bindung: CPI – Ebner & Spiegel, Ulm
ISBN 978-3-0369-5535-3

www.keinundaber.ch

In der Tat ist noch viel Zeit
Für den gelben Rauch, der längs der Straße schleift
Und seinen Rücken an den Scheiben reibt;
Es ist noch Zeit, es ist noch Zeit
Dich zu wappnen gegen jedes Antlitz, das dich streift;
Es ist noch Zeit für Zeugung, Mord, und Zeit
Für Werk und Tag der Hand, die sich erhebt
Und eine Frage auf den Teller schneit;
Zeit ist dir und mir bestimmt,
Zeit für hundert Unentschlossenheiten
T. S. Eliot, J. Alfred Prufrocks Liebesgesang

… doch es brauchte Talent, um alt zu werden,
ohne erwachsen zu werden.
Jacques Brel / Franco Battiato

Denn Schach ist nicht einfach nur ein Spiel. Es ist Krieg, Theater und Tod. Das heißt, das ganze Leben.
Gesualdo Buffalino

Die Hauptfigur dieser Erzählung heißt nur durch Zufall José Capablanca. Das Ganze begann vor einigen Jahren, als ein von mir sehr geschätzter Schriftsteller diesen Namen in einem Brief an mich erwähnte, ehe er ein paar Tage später bei einem Autounfall ums Leben kam. Danach erfuhr ich, dass er – ein leidenschaftlicher Schachspieler – geplant hatte, eine Romanbiografie über Capablanca zu schreiben. Sein letztes Projekt.

Seitdem spukte mir der Name Capablanca im Kopf herum. Einige Zeit begleitete er mich, als wäre er von schicksalhafter Bedeutung. Doch als ich mich entschloss, ein paar Seiten über ihn zu Papier zu bringen, stand er nicht mehr – oder nicht mehr nur – für den 1888 in Kuba geborenen Menschen, der wirklich gelebt hatte und 1921 in einer denkwürdigen Begegnung mit Lasker in Havanna Schachweltmeister geworden war. Stattdessen war der Name Capablanca zu einem Klang geworden mit einer ihm innewohnenden Geschichte, die ich niemals hätte erzählen können, hätte ich mich für einen fiktiven Namen entschieden.

Ich muss also in zweifacher Hinsicht Abbitte leisten: Bei meinem geliebten Schriftstellerfreund, weil ich ein Buch geschrieben habe, das ich selbst gern gelesen hätte, und bei Capablanca, da ich so respektlos war, mir nicht nur seinen Namen zu eigen zu machen, sondern auch einige Episoden seines Lebens.

Aber so ist es nun einmal mit Romanfiguren: Im Grunde Diebe und Lügner, verfolgen sie doch ihre jeweilige Wahrheit, mag sie auch noch so klein und unbedeutend sein.

ESTORIL, SONNTAG, 24. MÄRZ 1946

I

An jenem Morgen stob ein Schwarm Tauben in den Himmel von Estoril auf. Der Portier des Hotels Inglaterra sah ihn in einer Entfernung von wenigen Metern vorüberziehen, während er das unebene Ziegelsteinpflaster der Hotelterrasse inspizierte. Einige Ziegel waren zersprungen, und in den Zwischenräumen schillerten Teerfäden im Sonnenlicht. Ein Knie auf das Pflaster gebeugt, besah er sich die Sache aus der Nähe, als ein ungestümer Flügelschlag ihn aus dem Gleichgewicht brachte.

Einige Minuten später stieg Signora Isabel mit einem Eimer und sauberen Laken in den Händen in den oberen Stock des Gebäudes, blieb vor der letzten Tür auf dem Gang stehen und öffnete sie. Nach dem unablässigen Regen des vergangenen Monats breiteten sich an der Decke beträchtliche Feuchtigkeitsflecken aus. Da half es nichts, dass sie jeden Morgen die Fenster weit aufriss. So richtete sie auch jetzt, nachdem sie das Licht eingeschaltet hatte, den Blick zunächst auf die Fenster.

Erst dann bemerkte sie es.

Der Mann saß eingesunken in einem Sessel. In der Hand hielt er eine offenstehende Holzschatulle. Die Figuren eines Schachspiels lagen verstreut um ihn herum und auf dem zerwühlten Bett. Er trug eine schwarze Hose und einen Mantel, als wäre ihm kalt gewesen. Ein Büschel seines schwarzen Haars hing ihm unordentlich über die Stirn, und die Haut an seinen Wangen war schlaff und bleich wie Wachs. Das Gesicht besaß, wie sie intuitiv erfasste, eine fotografische Starrheit, auf immer und ewig in einer unnatürlichen Wut gefroren.

Dem Inspektor, der sie ein paar Stunden später befragte, beteuerte Signora Isabel, sie habe vorsichtshalber angeklopft, ehe sie die Tür öffnete. »Aber es kam keine Antwort«, wiederholte sie unter Tränen. »Keine Antwort.«

Das Zimmer sah aus wie nach einem Handgemenge oder einem Wutausbruch. Die beiden Türflügel des Kleiderschranks standen offen. Eine Ecke des Teppichs war umgeschlagen, ein Sessel umgeworfen, Reste des Abendessens befanden sich auf dem kleinen Klapptisch an der Wand. Wie bereits mehrmals zuvor hatte der Fremde die Mahlzeit aufs Zimmer bestellt und am Abend keinen Besuch mehr empfangen. Der Gerichtsmediziner vermutete als Todesursache eine schwere Leberzirrhose oder einen Herzanfall. Die Unordnung im Zimmer konnte nur auf eine plötzliche Ohnmacht zurückzuführen sein: die Wucht, mit der der Körper gestürzt war, und die Verzweiflung des Fremden, der, ganz allein im Zimmer, versucht haben musste, sich an irgendeinen Gegenstand zu klammern, den Sessel zu erreichen … Einige Zeitungen schrieben jedoch, dass die Todesursache in Wahrheit so lächerlich sei, dass selbst die Zeugen sie nicht hatten wahrhaben wollen: Der Mann sei an einem Fleischbissen erstickt.

Das wenige Personal des kleinen Hotels war in heller Aufregung. Innerhalb kürzester Zeit wimmelte die Halle aus unerfindlichem Grund von Polizeibeamten. Es dauerte einige Stunden, bis alle begriffen hatten, dass jener schweigsame und verwahrloste Mann, der in ihrem Hotel gewohnt hatte, der amtierende Schachweltmeister war. Tatsächlich hatten sie ihn ein paar Mal allein spielen sehen, aber das, nein, das hätten sie nie im Leben gedacht. Der Mann hatte weder Freunde noch Bekannte, und während der zwei Wochen, die er im Hotel verbracht hatte, hatte er mit keinem Wort erahnen lassen, warum er in derart rigider Einsamkeit lebte. Im Gästebuch war er einfach unter dem Namen Alexander Aljechin eingetragen, geboren in Russland. Französische Staatsbürgerschaft. Darunter die Unterschrift.

Im Laufe des Tages trafen einige Reporter ein. Die *Lisboa* hatte bereits erwähnt, dass Aljechin möglicherweise in Estoril weilte, die Angelegenheit dann aber nicht weiter verfolgt: Allen Schachbegeisterten war bekannt, dass nach der langen Unterbrechung durch den Krieg ein Weltmeisterschaftskampf gegen den Herausforderer Michail Botwinnik anstand.

Nun, da der Krieg zu Ende war, hatte der Name Aljechins – mochten die Gerüchte über seine Beziehungen zur NSDAP-Spitze nun wahr oder falsch sein – selbst für das Salazar-Regime einen anrüchigen Klang, das ihn früher einige Male willkommen geheißen hatte. Man verlegte sich jedenfalls lieber darauf, über den Fußballverein Benfica zu berichten, anstatt die Beziehungen des portugiesischen Staates zu Männern hervorzuheben, deren Namen durch ihre Nähe zu den Nazis beschmutzt war. So verlangte es die Zensur. Man durfte nicht Gefahr laufen, wie Spanien in den Ruf zu geraten, eine beliebte Zwischenstation auf dem Weg nach Übersee für all jene zu sein, die nach dem Fall des Naziregimes in Ungnade gefallen waren. Selbst wenn es sich nur um Kollaborateure handelte.

Deshalb schickten die Männer des Inspektors Vicente Soares die wenigen herbeigeeilten Journalisten unter einem Vorwand rasch weg. Dann räumten sie das Zimmer des Russen auf, richteten seinen Körper, so gut es ging, wieder her, indem sie ihm die Haare ordneten und den Mantel zuknöpften, rückten den Sessel in die Mitte des Zimmers und davor ein weiteres Tischchen, auf dem sie die Reste des Abendessens platzierten. Anschließend bauten sie neben dem Tablett mit dem Teller und den Schüsseln das Reiseschachspiel auf, und zwar so, dass jede Figur auf ihrem Ausgangsfeld stand, ganz als hätte der Russe gerade erst mit der Partie beginnen wollen. Zum Schluss machten sie ein Foto. Das würde in jedem Fall hilfreich sein, die Erstickungsthese zu untermauern. Die Tageszeitungen beschränkten sich auf eine Notiz mit einer knappen Darstellung des Vorfalls, die von der internationalen Presse aufgegriffen wurde.

Niemand würde je beschreiben können, wie am Nachmittag des vergangenen Tages der kleine Xavier mit einem kindlichen Lächeln auf dem Gesicht das Hotel Inglaterra verlassen hatte. Ein kleiner Junge in einer viel zu großen Jacke, der ein paar Stunden zuvor mit einem leeren Rucksack über der Schulter am Bahnhof Rossio ausgestiegen war. Mit seiner Wut. Seinem Versprechen. Ein Junge mit schwarzen Haaren und Augen und den Händen eines Erwachsenen.

Drei Wochen lang lag Aljechins Leiche im Leichenschauhaus von Lissabon, ohne dass jemand Anspruch auf sie erhob. Schließlich musste der nationale Schachverband die Kosten für die Bestattung übernehmen. Nur eine Handvoll Menschen nahm an der Beerdigung teil.

Rio Preto,
Dienstag, 11. März 1941

2

Der Kubaner kam durch die Hintertür herein. Auf einen Schlag wurde es in der Halle still, und Hunderte von Augenpaaren richteten sich auf ihn. Viele waren aus den umliegenden Dörfern herbeigeströmt, um ihn zu sehen, sich von seiner Existenz zu überzeugen, ihn am Ärmel zu berühren. Aus Santarem waren einige hier, aus Alcobaça, aus Óbidos. Ein paar Fischer aus Nazaré. Sie sprachen oft über ihn. Er war eine Art Legende. Wann immer jemand in ihrer Gegend überraschend etwas Intelligentes tat, fiel sein Name. Er war gleichsam zu einem geflügelten Wort geworden. Eigentlich hatten sie erwartet, dass er von dunkler Hautfarbe und groß wie ein Riese sei. Doch der Mann, der vor ihnen stand, war von einer zerbrechlichen, düsteren Schönheit. Westlich gekleidet mit weißem Hemd und dunkler Krawatte, eine auffallend hohe Stirn, die Woge seines schwarzen Haars zurückgekämmt und ein Blick, wie von einem Scherenschleifer geschärft.

Keiner der Anwesenden kannte die Regeln des Spiels. Die Gegend war ärmlich, die Bewohner mussten hart arbeiten und konnten sich nicht die Mühe machen, ihre Kinder in die Kunst des Schachspiels einzuweisen, vorausgesetzt, jemand unter den Älteren hätte sie beherrscht. Und dennoch brachten sie dieser merkwürdigen Beschäftigung eine geradezu religiöse Ehrfurcht entgegen, wie allem, was sie nicht kannten.

Der Herausforderer saß bereits seit einer Viertelstunde am Tisch. Er kam aus Nordamerika, und Unpünktlichkeit machte ihn nervös. In diesem Moment stieß er leise Verwünschungen gegen die Veranstalter des Wettkampfs aus. Was für hirnrissige Idioten, dachte er. Wie sind die bloß auf dieses Nest gekommen? Die Reise war ein reines Fiasko gewesen. Den ganzen Flug über hatten ihn Luftlöcher an seinen Sitz gefesselt. Und kaum hatte er den Fuß auf die Erde gesetzt, holte er sich beim ersten Schluck Wasser zu allem Überfluss noch eine Infektion, die ihn fiebrig und müde machte.

Der Kubaner begrüßte ihn mit einem kühlen Händedruck und nahm ihm gegenüber Platz. Dann sprang ein internationaler Schiedsrichter von seinem Stuhl auf und stellte dem Publikum die beiden Gegner vor. Natürlich schenkte man dem Namen des Amerikaners keinerlei Beachtung, während der andere mit tosendem Beifall bedacht wurde. Der Schiedsrichter bat wieder um Aufmerksamkeit und erklärte die Partie für eröffnet. Die Hand des Amerikaners hob den ersten Bauern. Das hatte er bereits entschieden, bevor sie über Arizona und New Mexico hinweggeflogen waren, und selbst als sich ihm, am Rande des Ozeans, der Magen gedreht hatte, musste er unaufhörlich daran denken.

José Raúl Capablanca y Graupera hatte es erwartet: d2–d4. Ein Damenbauernspiel. Er schrieb den Eröffnungszug in seinen Notizblock. Schon immer hatten ihn diese Formeln fasziniert, die in einem Buchstaben und einer Zahl die Komplexität der ganzen Welt vereinten. Er hob den Kopf und lächelte kaum merklich. Die Partie versprach vergnüglich zu werden, umso mehr, als sie vor den Augen von Analphabeten, Matrosen und Bauern stattfand. Die Art Menschen, die sein erstes Publikum gewesen waren.

3

Am Morgen des Wettkampfs war Capablanca mit steifem Nacken aufgewacht. In letzter Zeit passierte ihm das häufig, wenn er mal wieder in einem fremden Bett schlief, und meistens vor einer Schachpartie. Er hatte schlecht geschlafen, wegen der Hitze, aber auch, weil er am Abend zu viel Wein getrunken hatte, wie immer, wenn sich ihm die Gelegenheit bot. Eine schlechte Angewohnheit, die er nicht ablegen konnte. Früher hatte er sich rasch von seinen Exzessen erholt. Und auf den Pressekonferenzen zu Beginn der großen Turniere bemühte er sich, jedes Gerücht, er sei nicht in Form, führe ein ausschweifendes Leben und habe seit Monaten kein Schachspiel mehr angerührt, im Keim zu ersticken. Mit hochtrabenden Worten erklärte er, dass er mit eiserner Disziplin und nach einem festen Zeitplan Schachzüge studiere und sich lange vor einem Wettkampf mönchischer Strenge unterwerfe. In akzentfreiem Englisch oder Französisch schwor er, sich mindestens zehn Stunden am Tag mit Schach zu beschäftigen, und amüsierte sich, weil man ihm nicht glaubte. Doch seit langem schon stellte ihm niemand mehr Fragen.

Nach Rio Preto war er am Nachmittag zuvor mit dem

Zug gekommen. Die letzte Etappe einer Reise zu Wasser und zu Lande, die seine Frau Olga und ihn zehn Tage gekostet hatte. Er hatte jedoch gelernt, ohne Eile über seine Zeit zu verfügen, und genoss es, sie auszukosten, als wäre es der letzte Luxus, der ihm geblieben war. Während der Vorbereitung zu einer Begegnung war seine einzige Maxime, sich nicht in eine Wettkampfwut hineinzusteigern. Zumindest war es ihm damit besser ergangen als dem Amerikaner. Er hatte den Ozean überquert und den Äquator passiert, ohne von irgendeinem Verdruss heimgesucht zu werden – sei er psychischer oder physischer Natur. Schließlich war er in diesem schier endlosen Landstrich angekommen, in dem es nichts als Akazien und Ginster gab. Die Landschaft, in der er sich wiederfand, war ihm von Anfang an vertraut vorgekommen. Vielleicht weil sie ihn an seine Insel erinnerte, die er vor langer Zeit verlassen hatte.

Bereits am Bahnhof hatten ihm Hunderte von Bauern mit einer Begeisterung zugejubelt, die er sich nicht erklären konnte, und ein schüchterner Mann, dem die Aufregung die Röte ins Gesicht trieb, hieß ihn stotternd im Namen der ganzen Provinz willkommen. Nie zuvor hatte ihn der Rummel um seine Person so verlegen gemacht, nicht einmal, als er zwanzig Jahre zuvor die Weltmeisterschaft gewonnen und die bedeutendste Zeitschrift der Vereinigten Staaten ein Foto von ihm abgedruckt hatte. So konnte er teils aus Eitelkeit, teils wegen seiner guten Erziehung die Einladung der kleinen Gemeinde zu einem Abendessen, das man ihm zu Ehren organisiert hatte, nicht ausschlagen.

Doch jetzt, da sich das Gesicht des Amerikaners mit den Zügen eines Filmstars vor ihm abzeichnete, packte ihn eine unerbittliche Wut über seinen Leichtsinn. Zum Glück pflegten sich seine Gegner allein darauf zu konzentrieren, keinen Fehler zu machen, und waren so sehr mit sich selbst beschäftigt, dass sie nichts anderes mehr wahrnahmen.

Aber nicht nur sein steifer Nacken bereitete ihm Sorgen. Während er sich am Morgen das Gesicht abtrocknete, hatte er in der Badewanne eine kleine Spinne entdeckt, die dort hineingefallen war. In der weißen, emaillierten Wanne hob sie sich ab wie ein Pechfleck, der sich unkontrolliert von einem Ende zum anderen bewegte. Er legte das Handtuch zur Seite und beobachtete sie. Vom Licht aufgescheucht, versuchte das Tierchen sich zu verstecken, schaffte es jedoch nicht, die glatten, gewölbten Wände hinaufzuklettern. Immer wieder hielt es für ein paar Sekunden inne, um seine ganze Energie in einem Moment zu bündeln und einen erneuten Versuch zu starten, sich aus der Falle zu befreien, jedoch vergeblich. Sosehr es sich mit all seinen Beinchen auch anstrengte, kaum hatte es die halbe Höhe der Wanne erreicht, rutschte es wieder zurück und musste von Neuem beginnen. Capablanca war versucht, den Wasserhahn aufzudrehen und die Spinne den Abfluss hinunterzuspülen, tat es aber nicht. Seine Großmutter hatte ihn gelehrt, dass es Unglück bringe, Spinnen zu töten. Und auch wenn er wusste, dass es nur ein Aberglaube war, hätte es ihm später keine Ruhe gelassen, wenn er das Tier vor dem Spiel weggespült hätte. Also beendete er seine Morgentoilette, trat aus dem

Badezimmer und ließ die Spinne, wo sie war. Am Abend würde er nachsehen, ob sie es geschafft hatte. Doch der Gedanke an sie verfolgte ihn den ganzen Tag wie ein böses Omen.

4

Bei ihrer Ankunft trug Olga ein blaues Kostüm mit einem neuartigen Schnitt, wie man ihn selbst auf den Empfängen von General Salazar in Lissabon nicht sah. Man hätte meinen können, sie wäre geradewegs einem Werbeplakat entsprungen. Eine Cloche, die ihr kess auf dem Kopf saß, Rouge, Wimperntusche und hochhackige Schuhe. Noch ehe der Zug zum Stillstand kam, hatten die Menschen von Rio Preto auf den Bahnsteigen begonnen, die Ankunft des Schachgenies zu feiern. Doch als Olga neben Capablanca auf dem Trittbrett des Waggons erschien, erstarb der Applaus der neugierigen Bauern für einen Moment.

Capablanca enttäuschte ihre Erwartungen nicht. Er zeigte sich in diesem Landstrich, am Ende der Welt, an der Seite der attraktivsten Frau, die man in dieser Gegend je gesehen hatte. Während Olga aus dem Zug stieg und ihrerseits von dem mit der Begrüßung beauftragten Beamten mit einer linkischen Verbeugung empfangen wurde, breitete sich eine erwartungsvolle Stille aus. Einen Mann seines Kalibers und von seiner Intelligenz konnte man sich einfach nur in Begleitung einer so beeindruckenden Frau vorstellen. Einer Königin wie die, die seine Hand für gewöhnlich auf dem Schachbrett zog oder wie sie einem in Märchen oder in Illustrierten begegnete.

Kaum bewegten sich die beiden in Richtung des Bahnhofsausgangs, setzte der Applaus noch kräftiger ein als zuvor. Arm in Arm gaben sie ein perfektes Paar ab.

Rio Preto hatte damals nur ein Hotel. Es handelte sich um einen alten Gasthof, den man mit Blumen herausgeputzt hatte. Capablanca und Olga waren die berühmtesten Gäste, die hier je ein Zimmer gemietet hatten, und wann immer die Wirtin ihnen begegnete, errötete sie. Olga jedoch zeigte sich von ihrer liebenswürdigen Seite. Der Ort gefiel ihr. Weil er so einfach war. Weil er Capablancas Augen die Hoffnung wiedergegeben hatte. Die Hoffnung, dass er endgültig von seinem aufbrausenden »schwarzen Blut« geheilt würde, wie er es nannte.

5

Rio Preto war die Idee von Ricardo Mateus Pinto gewesen, einem siebenundvierzigjährigen New Yorker Impresario. In diesen abgelegenen Ort in den Bergen der Estremadura, in der Mitte eines neutralen Landes, würde der Krieg, der ganz Europa zerstörte, gewiss nicht gelangen. Die Hälfte von Pintos Familie lebte in dieser Gemeinde, und der Name José Raúl Capablanca y Graupera genoss hier auf geheimnisvolle Weise ein erstaunlich hohes Ansehen. Sofern sich die beiden Kontrahenten unter den gegebenen Umständen mit einem bescheidenen Honorar zufrieden gäben – das freilich ausreichen würde, um die Spesen zu decken, und darüber hinaus ein paar Hundert Dollar auf dem Bankkonto einbrachte –, wäre es ihm ein Leichtes, die Begegnung zu organisieren.

Alexander Aljechin hatte schließlich versprochen, seinen Weltmeistertitel als Preis auszusetzen, und zwar in einem Wettkampf gegen denjenigen, der gewinnen würde.

Anfangs war der Austragungsort Rio Preto der internationalen Schachwelt als reine Provokation erschienen, doch im Laufe weniger Monate wurde klar, dass es keine Alternative gab und auch keine geben würde.

In Paris wehte die nationalsozialistische Flagge, Buenos Aires hatte erst vor Kurzem die Schacholympiade ausgetragen, und Moskau wollte nichts mehr davon wissen – obwohl Capablanca immer gern dorthin gereist war –, seit er sich drei Jahre zuvor in Holland eine Blamage eingehandelt hatte: vier unerklärliche Niederlagen, und eine davon ausgerechnet gegen Aljechin. (In einem vertraulichen Schreiben an den Präsidenten des Manhattan Chess Club hatte der sowjetische Volkskommissar für Verteidigung darum gebeten, die Ablehnung als Akt der Rücksichtnahme hinzustellen, da in Moskau niemand dem Niedergang des Exweltmeisters hätte beiwohnen wollen, nachdem er so viele Triumphe gefeiert hatte.)

Blieb Havanna, doch im Falle einer Niederlage hätte der Amerikaner dem Klima die Schuld geben können, wie Lasker 1921. Im Grunde war es nur eine Art Vorwettkampf, ehe es zu dem Duell kam, das wirklich zählte und für das man einen würdigen Austragungsort finden würde.

Seit der Russe wieder in den Besitz des Weltmeistertitels gelangt war, dachte Capablanca an nichts anderes mehr: Dieser Titel gehörte ihm und niemand anderem. Dass er ihn verloren hatte, war lediglich seiner Nachlässigkeit zuzuschreiben. In fünfzehn Jahren hatte Aljechin ihm nicht ein einziges Mal die Gelegenheit zu einer Revanche gegeben. Und es mussten ganze neun Jahre vergehen, bis er in einem offiziellen Turnier wieder als Gegner auf ihn traf und ihn in achtunddreißig Zügen vernichtete. Neun Jahre, bis er sich wieder als der Stärkere hatte fühlen können.

Doch jetzt wusste Capablanca, dass er nicht bis zum Ende des Krieges warten konnte. Nach den Niederlagen in Holland hätte niemand mehr einen Dollar auf ihn gewettet. Er brauchte einen eindrucksvollen Sieg, und zwar so bald wie möglich, ehe man ihn endgültig aus dem Rennen werfen würde. Oder sich die Gerüchte um seine Krankheit verdichteten.

Vorausgesetzt, der Russe würde diesmal Wort halten.

Als daher Ricardo Mateus Pinto seinen Vorschlag erneuerte und ihm versicherte, sich um die Einwilligung des Amerikaners zu kümmern, die nötigen Finanzmittel aufzutreiben und die Werbetrommel für einen zwar kurzen, aber sicherlich international bedeutenden Wettkampf zu rühren, willigte Capablanca, ohne zu zögern, ein.

6

Oft fragte er sich, welches Foto sie als Motiv für eine Gedenkbriefmarke auswählen würden. Das Polygraphische Institut seiner Insel würde davon eine Serie drucken und sein Konterfei auf diese Weise bequem um die ganze Welt reisen, mittels der unermüdlichen Korrespondenz der Emigranten: auf Ansichtskarten geklebt, auf Postkarten, Einladungen und Briefumschläge, auf verschnürte Päckchen, Telegramme und Rundschreiben. Die Vorstellung amüsierte ihn, bereitete ihm aber auch leichtes Unbehagen. Würden sie aus dem großen Haufen Fotos eines auswählen, auf dem er lächelte, sein hübsches, offenes Lächeln, das den Frauen so gefiel, die nur seinetwegen zu den Turnieren kamen und ihn auf der Straße ansprachen, oder ein Foto, das ihn auf das Schachspiel konzentriert zeigte, den Kopf in eine Hand gestützt, in der klassischen Pose einer Denkmaschine – wie sie ihn nannten? Wegen dieser Ungewissheit versetzte es ihn stets in Unruhe, wenn ein Fotograf auf den Auslöser drückte. Von all den Fotos, die sein Leben begleiteten, hätte jedes verwendet werden können: Bei jedem offiziellen Turnier widmete er seinem Aussehen deshalb die höchste Aufmerksamkeit.

Um seine Haare zu bändigen, benutzte er eine alte Sorte Brillantine, die seit zwanzig Jahren mit der gleichen Anzeige in den Zeitungen beworben wurde; für seine Kleidung gab er Unsummen aus, nur die besten Schneider in jeder Stadt der Welt waren ihm gut genug; den größten Wert aber legte er auf die Pflege seiner Hände, denn seiner Ansicht nach bargen die Hände eines Mannes sein Geheimnis.

Die Geschichte mit den Briefmarken war übrigens keine fixe Idee eines Größenwahnsinnigen, sondern ein Versprechen, das er seiner Großmutter gegeben hatte, als er noch ein kleiner Junge war. Sie hatte sich in einem Sanatorium in Havanna den Oberschenkelhals gebrochen, während sie auf ihre Untersuchung wartete. Die Krankenschwestern hatten sie vor dem Aufnahmezimmer allein gelassen, und niemand vermochte zu sagen, ob sie ausgerutscht war oder aber ihr Bein in Folge eines inneren Bruchs nachgegeben hatte, eines Knochenfraßes oder einer Entzündung des Knochens, so als hätte ein arbeitsreiches Leben an ihm genagt, bis er brach. Sie hatte sich in das Sanatorium begeben, um ihr Lungenleiden behandeln zu lassen, aber dazu sollte es nicht mehr kommen. Der Vater und der Onkel suchten sie in sämtlichen Stationen des Gebäudes. Doch es war der kleine Capablanca, der sie schließlich in einem Flur fand, wo man sie auf einer Liege allein gelassen hatte. Sie war mit einer groben, kastanienbraunen Wolldecke zugedeckt, die am oberen Saum mit einem geometrischen Muster verziert war, ähnlich dem, das er in der Schule in sein Zeichenheft malen musste.

»José Raúl!«, rief die Großmutter.

Er ging zu ihr und legte eine Hand auf den kalten Metallrand der Liege. Auf dem Flur lagen noch mehr Kranke, aber niemand kümmerte sich um sie.

»José Raúl«, sagte die Großmutter abermals, »ich möchte dir danken.«

José Raúl hörte ihr zu. Seine Hand war wie von selbst in die ihre gerutscht und hatte sich mit ihr verschränkt.

»Du warst das Licht meiner letzten Jahre, anders kann ich es nicht beschreiben.«

»Ist schon gut, Großmutter, Papa und der Onkel suchen dich überall, ich gehe sie holen.«

»Nein, warte, solange ich noch ein wenig Kraft habe. Ich werde sterben, weißt du, so fängt es an.«

»Großmutter, bitte …«

»Ich habe die Sache nur ein wenig beschleunigt, um ein paar Wochen. Doktor Bandeira sagte, dass sie versuchen könnten, den Pneumothorax zu behandeln, aber das war eine Lüge. ›Doktor, spielen Sie mir einen argentinischen Tango vor‹, habe ich letztes Mal zu ihm gesagt.«

José Raúl senkte den Kopf.

»Verbirg nicht deine Augen vor mir, nicht jetzt. Sie erinnern mich an die deines Großvaters …« Aber sie wurde von einem Hustenanfall unterbrochen.

José zwang sich, sie anzuschauen.

»Schade nur, dass ich nicht mehr sehen werde, wie du als Erwachsener bist, was aus dir wird«, sagte sie, als sie wieder Luft bekam.

»Du wirst mich sehen, Großmutter.«

»Ich habe keine Zeit mehr.«

»Ich werde ganz schnell groß.«

»Versprich mir nur eine Sache, irgendetwas, was mich ein letztes Mal zum Lachen bringt.«

»Was denn?«

»Was du willst.«

Also hatte er ihr versprochen, was ihm spontan in den Sinn gekommen war. »Sie werden Briefmarken mit meinem Gesicht drucken«, schwor er ihr, »und ich werde dir einen Brief schicken, damit du mich sehen kannst, egal, in welchen Teil der Erde du auch gehen wirst.«

Die Großmutter lächelte. »Und wenn ich dich nicht wiedererkenne?«

»Mein Name wird über meinem Bild stehen.«

»Ach, dann ist ja gut.«

»Du wirst mich erkennen.«

»Ich werde dich erkennen.«

Capablanca sah den Amerikaner an.

Der erste Amerikaner, den er damals in New York City geschlagen hatte, trug eine Künstlerkrawatte und hatte stets eine brennende Zigarre zwischen den Lippen. Er hieß Frank James Marshall, und es ärgerte ihn, dass er sich in einem Wettkampf mit einem Jungen von kaum zwanzig Jahren messen musste. Er verlor eins zu acht.

Die Amerikaner brachten ihm Glück. Umso mehr musste ihm wieder ein Sieg gelingen, wie früher unzählige Male, in San Sebastian, Hastings, London, Moskau … Zu gewinnen war sein Fluch gewesen, und der Fluch hatte ihn in dieses verlassene Nest geführt. Heute Abend musste er wieder zum Höhepunkt seines Ruhmes zurückfinden. Er, der Unfehlbare. Der Mozart des Schachs. Der

Liebling der Götter. Er musste alle davon überzeugen, dass er seine alte Stärke wiedererlangt hatte, um binnen eines Jahres die Gelegenheit zu einer Revanche zu erhalten, die ihm immer verwehrt worden war.

Entschlossen streckte Capablanca die Hand aus und setzte seinen Königsbauern ins nächste Feld.

7

Die Halle, in der die Begegnung stattfand, war eine Art halbkreisförmige Sportarena hinter dem Rathaus.

Den Tisch mit dem Schachspiel hatte man in die Mitte der Grundlinie gerückt. Davor drängten sich die Zuschauer. Der Großteil saß auf Holzbalken, die von schmiedeeisernen Stützen gehalten wurden. Dahinter standen die jüngeren Männer. Die Kinder hockten vor der ersten Zuschauerreihe auf dem Boden und saßen den beiden Kontrahenten damit am Nächsten. Keines von ihnen redete oder bewegte sich. Zwei Jahre zuvor hatten ihre Väter sie schon einmal an diesen Ort mitgenommen, um sich eine Zirkusvorstellung anzuschauen. Die Truppe aus nur zwei Wagen und drei Käfigen mit Tieren hatte sich auf ihrer Rückreise an die Küste auf den mit Schlaglöchern übersäten, unausgeschilderten Provinzstraßen verirrt. Damals war ein Tiger einem Dompteur an die Kehle gesprungen und hatte sie mit einer so schnellen Bewegung durchtrennt, dass die Kinder mit den Augen kaum hatten folgen können. Jetzt schienen sie darauf zu warten, dass jeden Moment etwas Ähnliches geschah, um sich lange danach noch zu fragen, wie und warum es dazu hatte kommen können.

Nur einer, der Kleinste unter ihnen, lehnte nicht mit dem Rücken an den Beinen seiner Eltern: Er hatte sich etwa einen Meter vor die anderen gesetzt und kaute auch nicht dauernd auf der Lippe oder hakte die Daumen an den Hosenträgern ein wie die anderen Kinder. Er hieß Xavier, und seine Hände ruhten erwartungsvoll im Schoß wie die eines Erwachsenen. Er hatte den Blick fest auf den kubanischen Spieler mit seiner gestreiften Jacke und der merkwürdigen Schleife aus dunklem Leinen um den Kragen gerichtet. Er erinnerte ihn an jemanden, den er kannte, aber er sollte weder an jenem Abend noch später herausfinden, an wen. Xavier hatte ein Büschel schwarzer Haare, das ihm in die Stirn fiel und ihn ein wenig aufschneiderisch und hochmütig aussehen ließ. Dieser Eindruck wurde noch verstärkt durch seine kräftige Gestalt und die starken Arme, deren Muskeln sich bereits unter dem Trikothemd abzeichneten.

Seine Augen waren zwei schwarze, glatte Steine, umrahmt von zwei langgezogenen Bögen – das Erbe eines Volkes, das sich irgendwann von woher auch immer in diesen Landstrich verirrt hatte. Capablanca fühlte diese Augen auf sich gerichtet, seit er die Halle betreten hatte. Sie waren schwarz wie die Spinne in der Badewanne. Das Publikum hatte er nur mit einem flüchtigen Blick bedacht, aber der hatte genügt. Er kannte genau die Position aller Anwesenden, als hätte er jeden von ihnen auf ein Feld des Schachbretts gesetzt und als wäre der Junge der Bauer, der zuerst gezogen worden war. Er selbst musste etwa im gleichen Alter gewesen sein, als er damals, vor einer halben Ewigkeit, seinen Vater des Falschspiels beschuldigte, nachdem dieser einen befreundeten spanischen Oberst besiegt hatte.

»Ihr habt geschummelt, Vater.«

»Wie bitte, José Raúl?«

»Der Springer. Ihr habt ihn von einem weißen auf ein anderes weißes Feld bewegt.«

»Du bist ein unverschämtes Kind«, fuhr der Vater ihn an. »Du kennst die Regeln dieses Spiels doch gar nicht.«

Im Hintergrund spitzte der Oberst die Ohren.

»Ich habe sie gelernt«, antwortete José Raúl.

»Von wem?«

»Ich schaue Euch seit drei Tagen beim Spiel zu.«

»Das reicht nicht: Niemand erlernt Schach nur durch Zuschauen.«

»Ich weiß, wie sich die Figuren bewegen.«

»Das glaube ich nicht.«

»Ich weiß, wie man einen Angriff ausführt und wie ich mich verteidigen kann.«

»Du bist ein Lügner und ein überheblicher kleiner Kerl.«

»Ich weiß, wie man eine Rochade macht und den Läufer herausbringt.«

»Du bist ein verzogener Hurensohn!«

»Ich kann dir Schach bieten.«

An diesem Punkt löste sich die Wut des Vaters in dröhnendes Gelächter auf. »Na gut, dann lass uns spielen«, sagte er.

José Raúl setzte sich ihm gegenüber an den Tisch und besiegte ihn in weniger als einer halben Stunde.

8

In seiner Brieftasche trug er stets ein Foto aus jener Zeit bei sich.

Voller Stolz zeigte er es allen, mit denen er näher Bekanntschaft schloss, insbesondere den Frauen, die er zum ersten Mal zum Abendessen ausführte.

Das gehörte zu einem seiner Rituale. Fast immer kam der Moment, da sie ihm die Frage stellten, wie und wann alles angefangen hatte. Dann beugte er den Rücken und holte mit wohlbemessenen Bewegungen und leicht amüsierter, selbstgefälliger Miene das Portemonnaie aus der Jackentasche, fischte das kleine Foto ohne ein Wort heraus und reichte es seinem neugierigen Gast. Er wartete ein paar Sekunden, bis sein Gegenüber das Bild ein wenig hin und her gedreht hatte, ehe er sagte: »Da, das bin ich.«

»Nein, nicht der mit dem Schnauzbart, der andere: das Kind.«

Das Foto zeigte ihn auf einem hohen, kunstvoll geschnitzten Stuhl, einen Fuß auf dem verzierten Sockel des Tischchens, den anderen auf einer Schachtel, die auf einem Korbhocker lag; der Vater saß in einem Sessel mit dunklen, glänzenden Holzsprossen und Armlehnen mit besticktem Stoffüberzug. Zwischen ihnen das Schachspiel. Im Hintergrund eine Wand des Salons, zur Hälfte in die Mauer eingelassen, zur Hälfte mit einer Blumenmustertapete bezogen. Von einer weißen Tür auf der rechten Seite, die von einem üppigen Fikus flankiert wurde, strömte Licht herein.

Was ihn am meisten mit Stolz erfüllte, war nicht der Beweis für seine augenscheinliche Frühreife, sondern die Eleganz des Vaters: die Jacke mit dem dreieckigen Ärmelaufschlag, der gestärkte Hemdkragen, der perfekte Schnitt der Hose … Auch in seiner Haltung – die eine Hand war an die Schläfe gelegt und schirmte die Augen ab, die andere auf das Knie gestützt –, spiegelte sich eine an Fanatismus grenzende Gewissenhaftigkeit.

Was ihn selbst betraf, faszinierten ihn hingegen die bis zur Mitte des Schienbeins reichenden, polierten Schnürstiefeletten stets aufs Neue. Noch nach fast fünfzig Jahren meinte er den scharfen Geruch des Leders wahrzunehmen und zu spüren, wie es sich unter den Fingerkuppen angefühlt hatte. Sie nahmen den Blick gefangen und lenkten ihn vom Schachspiel weg auf seine Person, als wollten jene Schuhe ihn davon überzeugen, dass sich in ihnen seine wahre Berufung als exzentrischer und ausschweifender Weltenbummler offenbarte.

Auch verblüffte es ihn, wie wenig er sich verändert hatte. Die Züge des Kindes waren dieselben wie die des Mannes, der er jetzt war. Oft betrachtete er das Bild, wie man in einen Spiegel schaut.

Er besaß ein zweites Foto, das etwa fünfzehn Jahre später aufgenommen worden war und ihn als Erwachsenen mit dem Vater zeigte. Nur die Proportionen hatten sich verändert. Die Farben der Anzüge. Und die Stirn des Vaters, die inzwischen kahl geworden war.

9

Zu Hause hatte man oft darüber gesprochen. Eines Abends erzählte ihm der Großvater, wie etwa dreißig Jahre zuvor, es musste 1861 oder 62 gewesen sein, er erinnerte sich nicht mehr genau, ein amerikanischer Schachspieler, der trotz seines jungen Alters bereits weltbekannt war, ein gewisser Morphy, Paul Morphy, die Insel besucht hatte, um Felix herauszufordern, den Sklaven eines seiner Freunde, des Barons Roja.

Statt auf den Plantagen zu arbeiten, verdiente sich Felix seinen Lebensunterhalt mit Schach – und indem er die Sklavinnen schwängerte. Der Baron betrachtete ihn als sein Geschöpf. Er wusste nicht, wie dieser verflixte Neger das Schachspielen gelernt hatte, doch eins wusste er mit Gewissheit: Auf ganz Kuba gab es niemanden, der ihm das Wasser reichen konnte. Seine Frau vermutete, dass dieser wollüstige Schimpanse in einer *casa de santo* einen Pakt mit dem Teufel oder mit wer weiß was für einer afrikanischen Hexe geschlossen habe, und jedes Mal, da ihr Gatte ihm erlaubte, den Salon zu betreten, ergriff sie schaudernd die Flucht, wobei sie das Kreuzzeichen in die Luft malte, als hätte sie einen bösen Geist vor sich. Felix war ein Farbiger von riesenhafter Gestalt, ein »Kongoneger«, nicht nur der gesündeste unter den Sklaven des Barons, sondern auch der sanftmütigste und intelligenteste. Abgesehen davon, dass keiner wie er Yuka tanzen konnte, einen erotischen Tanz, der den Kampf und die Vereinigung der beiden Geschlechter darstellte. Nie hatte er Karies, eine Kolik oder Keuchhusten. Auf der Krankenstation kannte man ihn nicht. Seine Brüder meinten, seine Haut sei widerstandsfähiger als das Holz des Guayacán. Mit seinen zwei Metern wog er mindestens einhundertundzwanzig Kilogramm. Er war so groß, dass er nicht in den Waschzuber hineinpasste und sich im Stehen waschen musste. Und beim sogenannten Flaschenspiel ließen ihn die anderen Sklaven nicht mehr mitmachen, hatte er doch das längste Glied von allen, und wenn er es in den Flaschenhals steckte, erreichte es immer die Asche, die sich auf dem Flaschenboden befand. Nur seine Hände waren klein, so klein, dass sie einem sofort auffielen, wie ein Fehler.

Natürlich war er Analphabet und ungetauft, doch nachdem er sein Talent bei den Frauen und im Schachspiel gleichermaßen unter Beweis gestellt hatte, ließ der Baron ihn unterrichten. Jeden Freitag kam ein Hauslehrer von außerhalb, der ihn in die Buchführung und die christliche Lehre einwies sowie ihm Lesen und Schreiben beibrachte. An diesem Tag war Felix von seinen anderen Pflichten entbunden. Den Rest der Woche hingegen musste er, gemäß dem Fruchtbarkeitskalender, den es für alle Frauen der Plantage gab, bei den Sklavinnen seiner wertvollen Arbeit des Besamens nachgehen. Baron Roja war einer der wenigen Großgrundbesitzer, der auch in Sklavinnen investierte, obwohl sie in der Zuckerfabrik wenig einbrachten, doch er verfolgte eine bestimmte Idee: Dank Felix, so rechnete er sich aus, würde er im Laufe von zwanzig Jahren den besten Sklavenstamm der ganzen Gegend sein eigen nennen.

Felix erfüllte seine Aufgabe bereitwillig. Er bekam zweimal pro Woche Maisbrei und Schweinefleisch, außerdem Schiffszwieback, *pan de agua* und Butter, so viel er wollte. Auch hatte er eine Hütte für sich allein, und es wurde ihm sogar gestattet, als Schutz vor Neidern zwei Hahnenfedern darin aufzuhängen. Beim Ausüben seiner Pflicht achtete er sorgfältig darauf, nichts zu überstürzen und keine Gewalt anzuwenden, und ehe er sie zu Ende brachte, sprach er lange mit seinen Gefährtinnen, um sie nicht zu ängstigen, fast als wollte er sich entschuldigen. Ein unermüdlicher Erzähler, unterhielt er sie mit den merkwürdigsten Geschichten. Für jede Gelegenheit schenkte er ihnen neue Worte, Worte zum Lachen und zum Weinen, Worte, um zu überleben, Worte, um Widerstand zu leisten oder um nachzugeben. Bis die Liebe sie schließlich überkam und von diesem Karussell der Worte befreite, als wäre dies der natürliche Abschluss ihrer Unterhaltung.

Umso schwieriger war es für Felix, mit den anderen männlichen Sklaven zurechtzukommen, die ihn für das hassten, was er mit ihren Frauen tat, und mehr noch, weil er von ihrem Herrn auserwählt worden war. Doch niemand hätte je den Mut aufgebracht, ihm die Stirn zu bieten. Als Higinio Máximo die anderen aufwiegeln wollte, ihn in einen tödlichen Hinterhalt zu locken, verfrachtete ihn ein aufmerksamer Vorarbeiter ins Kesselhaus der

Zuckerfabrik, fesselte ihn und versetzte ihm mit einer Kuhpeitsche so viele Hiebe, dass ihm gehörig die Lust verging, es erneut zu versuchen. Die geheimen, verwerflichen Gebete indessen, mit denen Oggún, der Gott des Krieges, der wilden Tiere und der Werkzeuge angerufen wurde, sowie Changó, der Gott des Blitzes und des Donners, der Liebe, der Musik und der Männlichkeit, wurden bald erhört. Felix besaß ein ausgezeichnetes Gedächtnis und war binnen eines Jahres auf dem Wissensstand von Kindern, die die normale Grundschule absolvierten; nach zwei Jahren hatte er sich die Grundkenntnisse in Geografie, Kunstgeschichte und Geschichte der Antike angeeignet, nach dem dritten Jahr konnte er ganze Passagen aus dem Heldenepos *Cid Campeador* auswendig aufsagen und nach dem vierten fehlerlos auf Englisch lesen und schreiben. Am Ende seiner »Erziehung zu einem zivilisierten Menschen«, wie der Baron Roja es großspurig ausdrückte, hatte sich auch sein Schachspiel erheblich verbessert.

Doch auf einmal gelang es ihm nicht mehr, die andere Aufgabe zu erfüllen.

Es hatte bereits einige Vorzeichen gegeben, aber bisher hatte er sie immer zu überspielen vermocht.

Eines Samstags, als er, eingelullt von der Nachmittagshitze, neben Evelina in seiner Hütte lag, ließ er sich noch mehr Zeit als gewöhnlich.

»Komm schon, Felix, lass uns keine Zeit verlieren, ich bin schließlich keine Jungfrau.«

Felix tat so, als hätte er sie nicht verstanden, und fuhr fort, zu reden und ihr die Haare zu liebkosen.

»Jetzt mach schon, Felix, du lässt dich doch sonst nicht so bitten. Hör auf mit all diesen Geschichten, du weißt, wie ich mich darauf gefreut habe, wo ich den ganzen Monat den Rücken krumm mache.«

Felix zuckte die Achseln. Seine Augen huschten nervös und unkontrolliert hin und her.

»Ich kann nicht, Evelina«, beichtete er ihr unversehens.

»Was kannst du nicht?«

»Ich weiß auch nicht, warum, vielleicht sind es die vielen Bücher, die ich gelesen habe.«

Evelina lachte. »Jetzt hör aber auf mit deinen Witzen.«

»Es gibt einen Dichter, der sagt, dass wir keine Tiere sind.«

»O doch, du bist das schönste Tier auf Erden.« Und sie fuhr ihm mit dem Zeigefinger über die Stirn, die Nase, das Kinn. Als sich ihre Hand weiter hinab und in seinen Schritt verirren wollte, ergriff Felix sie und führte sie an seine Lippen.

»Nein, Evelina, wenn es so weitergeht, bringe ich mich um.«

»Neger bringen sich nicht um.«

»Dann werde ich eben der erste sein. Als Kind habe ich viele Indios gesehen, die sich an Bäumen aufgehängt haben.«

»Du bist kein Indio.«

»Aber ich bin ein Sklave.«

»Wer hat dir nur diese Flausen in den Kopf gesetzt?«

»Ich habe sie schon immer gehabt, hier drinnen, aber vorher wusste ich nicht, wie ich es ausdrücken sollte.«

»Du wirst doch wohl nicht auch in die Berge flüchten wollen …«

»Sie beuten uns aus.«

»Geh nicht weg, Felix.«

»Sie befehlen uns sogar, wann und mit wem wir Liebe zu machen haben.«

»Was mich betrifft, so habe ich nichts dagegen, zumindest für heute.«

Doch weder an jenem noch an einem anderen Nachmittag sollte ihre Lust von Felix gestillt werden. Es war nichts zu machen. *Das Unbehagen an der Kultur*, um abermals mit den Worten des Barons zu sprechen, hatte Felix angesteckt, und es machte auch vor seinen Lenden nicht halt. Er wäre womöglich unheilbar daran erkrankt, hätte er sich nicht bald danach befreit. Am nächsten Tag nämlich, nach einem Wettkampf gegen Paul Morphy, der fast acht Stunden gedauert hatte und an dessen Ende er dem Amerikaner ein legendäres Remis abgerungen hatte, schiffte er sich mit ihm auf eine Brigantine in Richtung Vereinigte Staaten ein. Er hatte sich einen buschigen Bart wachsen lassen, trug ein Steinamulett um die Hüfte und ein Leinenhemd, das ihm über die Hose hing.

»Bist du sicher, Großvater, dass er nie wieder gesehen wurde?«

»Ja, José Raúl, er ist nie wieder auf die Insel zurückgekehrt.«

Doch als der Großvater die Decke um ihn wickelte, sich zu ihm hinabbeugte und ihm einen rauen Gutenachtkuss auf die Stirn drückte, beschlich den kleinen Capablanca ein Verdacht, der ihn während seines ganzen Lebens nicht loslassen sollte: dass Felix in den folgenden dreißig Jahren jede Nacht zurückgekehrt war, um sämtliche Frauen Kubas zu schwängern, darunter auch seine Mutter, und dass sich ein wenig von seinem schwarzen, illegitimen Blut auch in seine Adern verirrt hatte, mochte die Farbe seiner Haut auch eine andere sein.

10

Nun, da er diesem Amerikaner gegenübersaß, erinnerte er sich wieder an Paul Morphy. Seinem Großvater zufolge hatte Morphy, im Gegensatz zu seinem jetzigen Gegner, nicht das Profil eines Hollywoodstars gehabt. Sein Gesicht sei glatt gewesen, um nicht zu sagen bartlos, er habe kurze Arme gehabt, kleine, von Adern durchzogene Hände und einen spitzen Brustkasten. Ein Mann, der den Eindruck eines verletzlichen Kindes erweckte, nur die Art seines Spiels sprach eine andere Sprache. Wie oft hatte er nicht als Kind gefragt, wie es Morphy ergangen sei, nachdem er wieder in sein Land zurückgekehrt war. Der Großvater hingegen zeigte sich in diesem Punkt verschwiegen, sei es, weil er es nicht wusste oder weil er es ihm nicht sagen wollte. »Einer der wenigen patenten Kerle, die ich unter den Amerikanern kennengelernt habe«, wiederholte er immer wieder. Mehr war ihm nicht zu entlocken. Um seine Neugierde wenigstens etwas zu stillen, hatte der Vater einige Notationen von Morphys Partien besorgt, und in der winterlichen Kühle der Tropen spielten sie sie nach dem Abendessen zusammen nach. Auch sein Vater überging die Fragen zu Morphys Leben und schickte ihn kurzerhand zu Bett. Eines Abends jedoch ließ er sich zu einer knappen Antwort herab.

»Er ist Anwalt geworden«, sagte er, »so wie du Ingenieur werden wirst: Er ging nach Louisiana, heiratete ein Mädchen aus gutem Haus und bekam mit ihr zahlreiche Kinder.«

Das erschien ihm unmöglich. »Hat er denn weiter gespielt?«, wollte er wissen.

»Nein, er hat aufgehört, nachdem er seinen ärgsten Feind geschlagen hatte.«

Und mit diesen Worten war das Thema in der Familie ein für alle Mal erledigt.

11

Jahre danach erfuhr Capablanca, dass kein Wort von dem, was der Vater ihm erzählt hatte, stimmte. Morphy hatte nie den Anwaltsberuf ausgeübt, hatte auch nicht geheiratet, und sein gefürchtetster Gegner hatte die Konfrontation mit ihm sein Leben lang vermieden. Dies alles entdeckte Capablanca in New Orleans, wo er zu einem Schauwettkampf und einer Reihe von Simultanschachspielen eingeladen war. Beim Abschlussdinner ehrten ihn der Vorsitzende des örtlichen Schachclubs und der ranghöchste Vertreter der Stadt, indem sie ihn im Namen ihres Mitbürgers mit einem besonderen Geschenk auszeichneten: mit der originalgetreuen Kopie einer goldenen Uhr, die die Universität von New York Morphy nach einer triumphalen Tournee in Europa überreicht hatte. Das Zifferblatt der Uhr war in elfenbein- und ebenholzfarbene Quadrate unterteilt, und eine mehrfarbige Einlegearbeit aus sämtlichen Figuren des Schachspiels bildete die Ziffern. Die Zwölf oben in der Mitte wurde durch einen prächtigen Läufer und einen Springer dargestellt. Capablanca wog sie eine Weile in der Hand, ehe er sie sich merklich gerührt ums Handgelenk legte. Er schwor sich, sobald es ihm möglich war, auf seine Insel zurückzukehren und sie seinem Vater zu vermachen. Dann erhob er sich von seinem Stuhl und sagte mit warmen, herzlichen Worten, wie sehr ihn das unerwartete Geschenk mit Freude erfülle. Er könne kaum glauben, dass sein unbekannter und unbedeutender Name in diesem Saal ausgerechnet mit dem Idol seiner Kindheit in Verbindung gebracht wurde. Er gedachte Morphys Reise nach Kuba – 1862, genau, pflichtete ihm der Präsident des Schachclubs nickend bei – und verriet seinen Zuhörern, dass Paul Morphy dank der Erzählungen seines Großvaters, der ihn damals persönlich kennengelernt hatte, für ihn das gewesen sei, was für andere Kinder Peter Pan war: ein genialer, luftig leichter Kobold, der ihm sein Schicksal gewiesen hatte.

Eine Woge des Applauses brandete auf.

Die Damen verzehrten Capablanca gleichsam mit ihren Blicken und sannen darüber nach, wie man es anstellen könnte, den Aufenthalt des Schachmeisters in der Stadt ein wenig zu verlängern. Eine von ihnen, die aus Deutschland stammende Mrs Kirghs, eine Bankiersgattin, die sich gern mit Benefizveranstaltungen von zweifelhaftem Ruf die Zeit vertrieb, hatte eine Idee. Mit lauter Stimme schlug sie eine Wallfahrt zu der Heilanstalt vor, in der Morphy gestorben war – in gebührendem Rahmen, versteht sich –, nicht ohne es zu versäumen, unter diesem Vorwand zu einer Spendensammlung zugunsten der Heiminsassen aufzurufen.

Wieder klatschte der Saal, mitgerissen von der Idee, begeistert Beifall.

Umso schwieriger war es für Capablanca, sich aus der Verlegenheit zu ziehen. Seine ihm angeborene Eloquenz drohte für einen Moment zu versagen, und in seiner Not fiel ihm nichts Besseres ein, als ein unmittelbar bevorstehendes Schachturnier als Hinderungsgrund vorzuschieben. Die letzten Worte der grazilen Dame hatten ihn so sehr erschüttert, dass er befürchtete, jedermann im Saal habe es bemerkt. Morphy war also in einer Heilanstalt gestorben. Das hatte ihm nie jemand gesagt. Der Reaktion der Anwesenden zufolge war es eine offenkundige Tatsache, die keiner weiteren Erklärung bedurfte. Er musste unbedingt mehr darüber in Erfahrung bringen.

Gegen Ende des Abends ging er zu der Bankiersgattin und beteuerte nochmals seine Freude über den warmherzigen Empfang, den man ihm bereitet hatte, und bat sie, ehe er sich von ihr verabschiedete, beinahe zerstreut und ohne dass jemand anderes es hören konnte, um eine Verabredung für den nächsten Tag. Die Dame zierte sich wie ein junges Mädchen: »Ihre Kühnheit übertrifft noch Ihren Ruhm.« Doch dann flüsterte sie ihm mit einstudierter Koketterie ihre Adresse und eine passende Uhrzeit ins Ohr. Ihren Haushaltshilfen würde sie einen freien Nachmittag gewähren, bezahlt natürlich, fügte sie hinzu.

»Nein, meine Verehrte, ich kann nicht zu Ihnen nach Hause kommen.«

»Wo sollen wir uns dann treffen, in Ihrem Hotel?«

»Nein, zuvor muss ich Sie um einen Gefallen bitten.«

»Sie wissen, dass ich Ihnen nichts ausschlagen könnte.«

»Begleiten Sie mich zu dem Ort, an dem Morphy gestorben ist.«

»Aber die Anstalt befindet sich außerhalb der Stadt.«

»Das macht nichts.«

»Sie werden Ihren Zug verpassen.«

»Ich werde meinen Zug verpassen.«

»Soll ich mich für eine Nacht freimachen?«

»Tun Sie das.«

»Sie holen mich ab?«

»Um vier mit der Kutsche?«

»Also gut, um vier.«

12

Am nächsten Tag fuhr eine schwarze Kutsche mit einem elegant gekleideten kubanischen Diplomaten – in seiner Freizeit ein leidenschaftlicher Schachspieler und Verführer wider Willen – und einer rothaarigen Dame mit dem charakteristischen Akzent der deutschen Einwanderer zur Heilanstalt unweit von New Orleans. Das Gebäude befand sich etliche Kilometer vom Haus der Bankiersgattin entfernt. Wie sie bereits angedeutet hatte, musste man die Stadt verlassen und ein Stück weit einer Landstraße folgen. Während der Fahrt bat Capablanca sie, ihm alles über Morphy zu erzählen, was sie wusste.

Mrs Kirghs musste angesichts der merkwürdigen Situation lachen, kam aber seiner Bitte gern nach. Von schwatzhafter Natur, liebte sie es, ihre Erzählungen aufs Lebhafteste auszuschmücken. Sie erzählte bis in alle Einzelheiten, wie Howard Staunton die Aufforderung Morphys zu einem Wettkampf immer und immer wieder ausgeschlagen hatte. Jedes Mal mit äußerst provozierenden und kränkenden Ausreden, wobei er einfließen ließ, dass er Wichtigeres zu tun habe; niemals würde er sich in einer offiziellen Begegnung mit einem Abenteurer wie diesem lasterhaften Jungen messen, der darin doch nur eine Möglichkeit sehe, sich seinen Lebenswandel zu finanzieren. Er deutete sogar an, und an dieser Stelle näherte Mrs Kirghs ihre Lippen seinem Ohr, dass Morphy … nun ja, er wisse schon … jedenfalls sei es eine bekannte Tatsache, dass er niemals eine Frau gehabt habe. Für Staunton waren Morphys Triumphe in Europa nichts weiter als irrlichternde Erfolge eines Betrügers, die der kulturellen und moralischen Krise seines Kontinents zuzuschreiben seien.

Capablanca bebte vor Zorn, als er diese Geschichte hörte. Um die bösartigen Stimmen zum Schweigen zu bringen, vielleicht aber auch als Versuch, ein normales Leben zu führen, berichtete Mrs Kirghs weiter, beschloss Morphy, zu heiraten und eine juristische Laufbahn einzuschlagen – schließlich war er noch immer der Sohn eines Richters. Er bat einen Freund, in seinem Namen um die Hand eines Mädchens aus gutem Hause anzuhalten, doch sie erteilte ihm eine Abfuhr. »Ich heirate doch keinen Schachspieler« – *a mere chess player* –, sagte die junge Frau, und damit war die Angelegenheit erledigt. Für die anderen, nicht aber für ihn. Er gab das Schachspiel auf, doch es war zu spät: Niemand vermochte ihn in der Rolle eines Advokaten zu sehen. Sosehr ihn die meisten bewunderten, keiner von ihnen hätte ihm einen Fall anvertraut.

Von diesem Punkt seines Lebens an begannen sich Zeichen einer geistigen Verwirrung zu zeigen. Fortwährend wurde er von Visionen heimgesucht. Das Licht ängstigte ihn und auf der Straße drückte er sich mit eingezogenem Kopf an den Mauern entlang. Er schlief in der Küche. Im Laufe weniger Jahre wurde sein Zustand immer unberechenbarer, bis man ihn in eine Anstalt brachte. Eines ungewöhnlich drückend schwülen Julitages fand man ihn leblos auf dem Boden unter seinem Bett.

Die Kutsche kam zum Stehen, und Capablanca stieg in Gedanken versunken aus. Mrs Kirghs reichte ihm den Arm und führte ihn zum Eingang der Anstalt. Der Empfangsschwester sagte sie, sie wollten gern den Direktor sprechen, woraufhin sie in das Besuchszimmer geführt wurden. Capablancas Augen nahmen jede Einzelheit wahr. Die weiße Farbe der Fenster. Die Dicke der Mauern.

Als der Direktor erschien, begrüßte er sie mit einem warmen Händedruck. »Ich kenne Sie und weiß von Ihrer außergewöhnlichen Begabung«, sagte er zu Capablanca.

Mrs Kirghs erklärte ihm den Grund ihres Besuchs.

»Normalerweise haben Fremde keinen Zutritt zu den Stationen. Doch in diesem Fall mache ich eine Ausnahme. Aber nur eine. Die Dame muss ich leider bitten, in meinem Büro zu warten.«

Mrs Kirghs machte den halbherzigen Versuch eines Protests, ließ es dann aber dabei bewenden, schließlich wollte sie sich diesen schönen Tag nicht verderben. Währenddessen folgte Capablanca dem Direktor der Anstalt die Treppe hinauf in den oberen Stock. Die beiden bogen in einen Korridor ein, der Capablanca an das Krankenhaus in Havanna erinnerte, in dem seine Großmutter gestorben war. Einige der Türen hatten einen Milchglaseinsatz und waren geschlossen, andere standen offen und gaben den Blick in geräumige Zimmer frei, in denen sich die Patienten aufhielten. Manche von ihnen saßen um kleine, leere Tische herum; andere standen reglos da und beobachteten

Capablanca, als er vorüberging. Alle trugen unförmige Hemden, unter denen ihre nackten mageren Beine hervorschauten wie unbewegliche Störche im seichten Wasser einer Lagune.

»Das Zimmer, das Sie sich anschauen wollen, ist weiter hinten«, sagte der Direktor. »Aber ich versichere Ihnen, dass es dort nichts Interessantes zu sehen gibt.«

Die beiden gingen weiter bis zum Ende des Korridors, der in einen weiteren mündete. Capablanca dachte, dass sich alle Krankenhäuser ähnelten, da alle aus Korridoren zu bestehen schienen, die von künstlichem Licht erhellt wurden und in denen es keine Fenster gab, sondern nur zahlreiche Türen. Vor einer Tür fast am Ende des Flurs blieb der Direktor stehen.

»Hier sind wir. Das ist Morphys Zimmer. Es unterscheidet sich durch nichts von dem davor oder dem danach. Wir nennen es nur so, weil Morphy eine berühmte Persönlichkeit war und die Erinnerung an seinen Aufenthalt hier bis heute lebendig ist.«

Damit öffnete er die Tür und ließ Capablanca den Vortritt.

Das Zimmer war nicht besonders groß. Ein Bett, ein kleiner Tisch, ein großes vergittertes Fenster, so hoch angebracht, dass man unmöglich hinaufklettern konnte. Capablanca machte ein paar Schritte in den Raum hinein. Die Wände waren schmutzig, der Putz der hohen Decke war abgebröckelt, der Marmorboden fleckig.

»Ich habe Sie ja gewarnt, hier gibt es nichts zu sehen. Kein Gegenstand, kein Stuhl, nicht einmal ein Waschbecken. In diesem Flügel der Anstalt bringen wir die besonders labilen Patienten unter: Im schlimmsten Fall können ihre Depressionen Jahre dauern. Früher oder später entzündet sich in jedem ein Funke, ein Wutanfall, oft reichen wenige Sekunden. Ihre Gewaltausbrüche sind vollkommen unvorhersehbar.«

Capablanca bedeutete ihm, dass er verstanden habe.

»Wenn Sie wollen, zeige ich Ihnen etwas, was ihm gehört hat. Sie können sich bestimmt vorstellen, worum es sich handelt. Kommen Sie.«

Der Direktor schloss die Tür zu Morphys Zimmer ab und führte ihn zu seinem Büro zurück, wo Mrs Kirghs wartete.

Als hätte sich plötzlich ein Pfropfen gelöst, vernahm Capablanca mit einem Mal einen Chor aus Stimmen, Klage- und Jammerlauten, die Geräusche des Gebäudes wurden zu einem Fluss, der ihn schmerzlich durchströmte und schwanken ließ. Als sie schließlich unten in seinem Büro angekommen waren, öffnete der Direktor ein Fach der Kommode, in der sich medizinische Jahrbücher, Register und alte Handbücher über Geisteskrankheiten stapelten, und zog ein zusammenklappbares Reiseschachspiel hervor.

»Dieses Schachspiel gehörte ihm«, sagte er und reichte es Capablanca. »Darauf hat Morphy seine letzten Partien gespielt, drüben im großen Saal, aber jetzt nehmen Sie es, hier kann niemand etwas damit anfangen.«

Als er in jener Nacht sein Hotelbett mit Mrs Kirghs teilte, war er ein wütender, unergründlicher Liebhaber, wie jemand, der allein spielt, gegen einen leeren Stuhl.

13

Nein, er würde nicht ein solches Ende nehmen. Nach Rio Preto würde der Russe endlich gezwungen sein, sich ihm zu stellen. Wenn er nicht in der ganzen Welt in Misskredit geraten wollte. Fünfzehn Jahre hatte er sich davor gedrückt, aber das würde ihm nicht für immer und ewig gelingen. Fünfzehn Jahre der Lästerungen, der Erniedrigungen, und der Gipfel waren die Artikel, die vor Kurzem in Deutschland erschienen waren. Ob nun er sie verfasst hatte oder ein anderer, war für Capablanca nicht von Bedeutung. Wichtig war, dass am unteren Rand seine Unterschrift prangte: Alexander Aljechin. Sie zeugte davon, zu welchem Lager er gehörte – er hatte seinen eigenen Namen zu Markte getragen.

Gott, erst jetzt begriff er, wie Morphy im Laufe seines Lebens gelitten haben musste. Und worüber er noch gegrübelt haben mochte in der weißen Leere seines Zimmers in jener Anstalt außerhalb von New Orleans. Es gab keine schlimmere Erfahrung, als dem irrationalen Hass eines anderen Menschen ausgesetzt zu sein. Wenn man zur Geisel dieses Gefühls wurde, wenn man nur noch auf eine immer wieder verschobene Revanche sann. Er hatte mehr Glück gehabt als Morphy. Er war Olga begegnet. Und nun gab ihm der umtriebige Agent mit seinen lusitanischen Wurzeln eine offizielle Gelegenheit, die erste nach all den Jahren. Er würde sie nicht vertun. Man hatte ihm gesagt, dass der Russe in Schwierigkeiten sei, dass er Geld brauche, dass er während der letzten Turniere wieder begonnen habe, sich zu betrinken und über alle Frauen herzufallen, die ihm in den Hotels über den Weg liefen. Dieser verfluchte Kerl. Wer weiß, was er vorhatte, an welche Seilschaft er sich diesmal hängen würde. Er war ein Teufel. Man wusste nie, wo er gerade war und mit wem. Bereits zur Zeit der Revolution hatte man ihn für tot gehalten. Doch immer wieder stolperte man über ihn, mit seiner eisigen, abweisenden Miene und seinem griesgrämigen Adlerprofil. Den Sadisten nannten sie ihn. Er gab sich nicht damit zufrieden zu gewinnen. Er wollte einen vernichten, die totale Auslöschung seines Gegners. Mit Niederlagen fand er sich nicht mehr ab.

Ein Jahr zuvor hatte er, statt eine für ihn so gut wie verlorene Partie aufzugeben, seinen Hosenschlitz unterm Tisch geöffnet und seinem Herausforderer auf die Füße gepinkelt. Aber trotzdem war er nach wie vor Weltmeister. Capablanca wunderte es nicht, dass er jetzt in Paris zahlreiche Freunde hatte. Sicher trug er die Haare kurz und zurückgekämmt, die hohe, klare Stirn frei, sodass die strengen Bögen seiner Augenbrauen noch besser zur Geltung kamen; die Jacke mit dem Hakenkreuz am Ärmel musste ihm wie angegossen passen. Goebbels schätzte ihn aufs Höchste. Er verlieh der neuen Weltordnung Glanz, und kaum würde die Wehrmacht in Moskau einmarschiert sein, würde sich für ihn in Nazirussland ein neues Amt finden. Es gab nur wenige, die ihm das Wasser reichen konnten: Schon als Junge hatte er gezeigt, was für ein Genie er war; seiner Heimat hatte er gleich nach der Revolution den Rücken gekehrt und sich durch antisowjetische Aktivitäten hervorgetan, noch ehe Hitler an die Macht gekommen war. Vor allem aber hatte er dieses Halbblut aus Kuba geschlagen, 1927, seine größte Genugtuung, und damit ein für alle Mal die Überlegenheit der arischen Rasse gegenüber den Mestizen bewiesen.

In den besagten Artikeln in der *Deutschen Schachzeitung* und in der *Pariser Zeitung* hatte Aljechin dieses Thema wiederaufgegriffen und vertieft. Er oder einer seiner Schmierfinken. Capablanca hatte man die betreffenden Ausgaben besorgt. Freunde seines Vaters hatten ihm früher in den Sommermonaten ein wenig Deutsch beigebracht, genug für ihn, um den Sinn der Schmähschriften zu erfassen. Die Artikel bezeichneten ihn als den natürlichen Nachfahren einer parasitären, feigen Klasse, die Jahrhunderte zuvor Europa verlassen hatte, um im heißen Klima der Tropen ihr Glück zu suchen, wo sie sich als unfähig erwiesen habe, die Sklaven zu beherrschen, die sie aus Afrika hatte kommen lassen, und sich stattdessen mit ihnen vermischt habe. Daraus sei eine promiskuitive Bastardrasse hervorgegangen, die, von der Hitze geschwächt, in Faulheit, Laszivität, Trägheit und Apathie kaum zu überbieten sei. Menschen ohne Rückgrat. Ein abgestumpftes Surrogat der menschlichen Rasse. Auch seine Mutter müsse sich mit einem Neger gepaart haben. Capablancas Spielweise sei der Beleg dafür. Eine ganz und gar auf Verteidigung ausgelegte Taktik, bar des Lichtes der Intelligenz. Er besitze lediglich eine hartnäckige Schläue, die in Provokation bestehe oder im Warten auf einen Fehler des Gegners. Und die boshafte Fähigkeit, daraus Gewinn zu schlagen. Das genaue Gegenteil vom arischen Angriffsgedanken. Der kühnen Kreativität eines überlegenen Geistes. Capablanca sei eine Schlange, ein Wolf, ein Wilder. Das könne man auch an seinen Gepflogenheiten im Umgang mit Frauen sehen, daran, dass ihm ein Glauben fehle und er schon von jeher einen intensiven, durch gegenseitiges Wohlwollen geprägten Umgang mit diesen gottlosen Sowjets gepflegt habe. Er sei ein gefährliches Element, wie alle, die ihre wahre Natur verbergen. Wie ein Jude, vor dem man auf der Hut sein müsse, der eine soziale Achtung genießt, die ihm nicht gebührt. Einer, der mit den Juden unzählige Gemeinsamkeiten habe, angefangen von den Geschäften, die er mit ihnen ohne Skrupel in jener jüdischen Stadt mache, zu der New York zweifellos geworden sei, bis zu seiner Neigung, seine aus feinem Tuch gefertigten Jacketts und Seidenkrawatten zur Schau zu stellen. Wegen seines reichen Beziehungsnetzes, das sich von Manhattan bis nach Moskau erstrecke, sei er ein Feind, der ausgeschaltet und der Lügen gestraft werden würde, wie es schon einmal geschehen sei und wieder geschehen würde, sollte er abermals Ambitionen auf den Titel hegen. Bisher habe sich keine Gelegenheit dazu ergeben, weil die Bedingungen, die er gefordert habe, davon zeugten, dass er nichts weiter als ein Falschspieler und Betrüger sei. Wenn er den Mumm habe, erwarte Aljechin ihn in Berlin oder Paris. Aber das bezweifle er …

Capablanca kochte vor Wut. Allein wenn er den Namen hörte, zitterten ihm die Hände und stieg ihm die Zornesröte ins Gesicht. Olga wusste, wie sie ihn beruhigen konnte, griff aber oft erst in allerletzter Sekunde ein, kurz bevor er das Bewusstsein verlor oder vor Wut einen Zusammenbruch erlitt. Die Freunde, die seine sprichwörtliche und faszinierende Ruhe kannten, taten sich schwer, ihn in dem entthronten und mit seinem Gleichgewicht ringenden Prinzen wiederzuerkennen. Viele hatten sich bereits von ihm abgewendet. Einige schon 1927, unmittelbar nach seiner Niederlage in Buenos Aires, andere im Laufe der Jahre. Unterstellungen in Bezug auf seine Spielweise, die Aljechin nun obendrein mit rassistischen Vorurteilen und wilden Spekulationen zu seiner Physiognomie garniert hatte, kursierten in Wirklichkeit schon lange. Am meisten beleidigte ihn, dass man ihm einen Mangel an Fantasie und eine wenig ausgeprägte Konzentrationsfähigkeit vorwarf. Nachdem er bis in die hintersten Winkel der Erde bejubelt worden war, hagelte es, kaum war der Mythos seiner Unschlagbarkeit zerbrochen, Kritiken, erbarmungslose Analysen und feindselige Urteile.

Drei Jahre lang ließ sich Capablanca an keinem Spieltisch mehr blicken. Erst nachdem er in einer französischen Zeitschrift den Artikel eines Unbekannten gelesen hatte, dessen Titel »Ein Plädoyer für Capablanca« ihn sehr bewegte, nahm er wieder an einem Simultanschachturnier teil. Auch seine Moskauer Freunde zeigten sich solidarisch. Sie ermunterten ihn, sich so viel Zeit für seine Erholung zu lassen, wie er brauche, und zu tun, was ihm beliebe. Kleine Vertrauensbezeugungen, die er brauchte wie die Luft zum Atmen. Den Rest hatte seine Erstklassigkeit besorgt. Zumindest bis zu der hässlichen Erfahrung in Holland.

Nur noch diese eine Partie fehlte. Capablanca sah dem Amerikaner geradewegs in die Augen. Er tat ihm beinahe leid. Er hatte keine Wut auf ihn, wollte ihn nicht demütigen. Aber er musste ihn schlagen. Der Amerikaner brachte seinen Springer ins Feld, und im Sattel eines anderen Pferdes ritt Capablanca ihm entgegen.

14

Als er ihn zum ersten Mal sah, trug er eine Offiziersuniform. Einen dünnen, abfallenden Oberlippenbart, eine tadellose Knopfreihe. Capablanca hörte, wie sein Name verkündet wurde – als letzter. Er nahm das Glas von den Lippen und beobachtete den Eingang. Bei seinem Erscheinen musste er unmittelbar an den Auftritt von Pierre Besuchow oder den des Fürsten Andrej Bolkonski im Salon von Anna Pawlowna denken. Im Schein dreier riesiger Kristalllüster schritt Alexander Aljechin auf den Zaren zu. Er war ein groß gewachsener junger Mann von dreistem Auftreten, der dennoch unnahbar wirkte. Gleichzeitig haftete ihm etwas Bizarres, Verdrehtes an. Er gefiel ihm auf Anhieb. Mit seiner herausfordernden Miene und dem düster-schicksalhaften Ausdruck eines Duellanten, in dem er sich selbst wiedererkannte. Seine erste Empfindung für ihn war ein Gefühl der Komplizenschaft. Weil ihnen beiden, aufgrund ihres jugendlichen Alters, das gleiche Misstrauen vonseiten der Anwesenden entgegenschlug. Weil sie beide noch so unbekannt und dennoch geradezu skandalös verwegen waren, und – das spürte er – weil ihnen beiden Erfolg beschieden war.

Capablanca folgte mit geradezu morbider Aufmerksamkeit jeder von Aljechins Bewegungen. Sah, wie er eine Verbeugung andeutete. Bemerkte, wie in den Augen des Zaren Enttäuschung aufflammte, weil man den Stolz Russlands in so unerfahrene Hände gelegt hatte. Er bewunderte die Art, wie sich Aljechin entfernte. Von diesem Moment an tat er den ganzen Abend nichts anderes, als auf eine geeignete Gelegenheit zu warten, sich ihm zu nähern. Erst gegen Ende des Empfangs rang er sich dazu durch. Er wartete, bis der andere seine Unterhaltung mit drei Hofdamen beendet hatte, um dann in einer Ecke des Saals das Wort an ihn zu richten.

»Es wird das größte Turnier sein, das je veranstaltet wurde«, sagte er auf Französisch.

»Wen interessiert das schon? Hier drinnen hat keiner einen blassen Schimmer von unserem Metier. Abgesehen von den Patriarchen natürlich.«

»Sie kennen mich?«

»Ich weiß alles über Sie, Capa.«

»Nur meine Freunde nennen mich so.«

»Haben Sie morgen Nachmittag schon etwas vor?«

Capablanca sah ihn überrascht an. »Nein, nichts.«

»Dann begleiten Sie mich doch, um die Wunder Sankt Petersburgs kennenzulernen. Wenn wir schon hier sind, um die Tische dieses Turniers zu sprengen, dann lassen Sie uns erst einmal das Terrain sondieren. Sehen Sie die Dame dort hinten? Die mit dem roten Faltenrock?«

»Scheint nicht mehr die Jüngste zu sein, aber ihre Schönheit ist nicht zu übersehen.«

»Diese Dame ist Madame Zlata, die Geliebte des Großfürsten. Ich habe morgen eine Verabredung mit ihr, vor der Bluterlöserkirche. Sie wird übrigens nicht allein kommen. Eine Freundin wird bei ihr sein.«

»Ach, deshalb suchen Sie einen Begleiter.«

»Jetzt nicht mehr, vorausgesetzt, Sie willigen ein.«

»Warum fragen Sie ausgerechnet mich?«

»Wir sind ungefähr gleich alt und, darauf wette ich, haben den gleichen Blick.«

»Haben Sie sie bereits verführt?«

»Nein, aber ich schlage Ihnen eine Wette vor.«

»Wem es als Erstem gelingt?«

»Wem es als Erstem gelingt, Capa.«

»Die Wette wird nur schwer zu gewinnen sein.«

»Wir werden ein Parallelturnier austragen.«

»Sie ist eine Dame von hohem gesellschaftlichem Rang.«

»Nennen wir es das Turnier um Madame Zlata.«

»Der Großfürst wird nicht begeistert sein.«

»Sind Sie dabei?«

Capablanca fixierte ihn mit seinem Blick. Aljechins Augen bewegten sich kaum merklich.

»Auf Madame Zlata«, sagte er schließlich.

»Wer als Erster ihr Bett erobert«, sagte Aljechin.

Ihre Gläser stießen klirrend aneinander. Beiden erschien es, als hätten sie soeben ein Band geknüpft, das ein Leben lang halten würde. Aber in jenem Jahr lag in allem, selbst im großspurigen Toast zweier Zwanzigjähriger, der Anklang einer Kriegszeit, den kein Schachmeister zu erkennen in der Lage war. Aljechin legte sein Hassversprechen hinein wie einen Samen in die Erde.

15

Wenn sie nicht an einem der Kanäle von Sankt Petersburg anzutreffen waren, wo sie plaudernd dem sich dahinschlängelnden Verlauf der Newa folgten, hielten sich Alexander und Capa stundenlang in einem ihrer Hotelzimmer auf.

Um eine Variante der Spanischen Eröffnung zu studieren, erklärten sie den Journalisten.

»Jeder von uns bereitet den Wettkampf des anderen vor«, sagten sie im gewichtigen Ton eines Staatsmannes, der eine Kriegsallianz verkündet.

In Wahrheit analysierten sie nur eine Partie, und zwar die gegen Madame Zlata.

»Wenn mir nicht ständig der Großfürst in die Quere gekommen wäre, wäre die Partie längst beendet.«

»Nein, Alexander, dieses Duell ist voller Hinterhalte.«

»Zweimal war ich schon kurz davor, sie zu küssen: Nur das Glück hat sie davor bewahrt.«

»Sie ist eine Gegnerin, die längst nicht so nachgiebig ist, wie sie scheint.«

»Sie muss ja nur wählen: dich oder mich.«

»Den Reiz der Uniform oder den des Fremden …«

»Hör auf zu scherzen, Capa.«

»Ein Mann in Uniform macht immer mehr Eindruck als einer in Zivil.«

»Wenn das tatsächlich ein Vorteil war, habe ich ihn verspielt. Ich habe gesehen, wie sie an deinen Lippen hängt …«

»Die Frauen sind immer neugierig, wenn man ihnen von einer entlegenen, geheimnisvollen Insel wie der meinen erzählt. Aber mit dir kann sie sich dafür in ihrer Muttersprache unterhalten …«

»Es sind nicht allein die Worte, die uns Zugang zu ihrem Bett verschaffen werden.«

»Sie ist eine intelligente Frau, Alexander, und weicht geschickt unseren Fallen aus.«

»Sie ist einfach nur eine erfahrene Frau, Capa.«

»Sie hat unser Spiel durchschaut.«

»Na und?«

»Wir müssen auf der Hut sein.«

»Es ist nur noch eine Woche bis zum Ende des Turniers.«

»Wir haben noch genügend Zeit.«

»Ich würde diese Partie nur ungern in einem Remis beenden.«

»Madame Zlata wird nicht auf unsere Schmeicheleien verzichten, solange sie nicht muss: Sie sind ein Balsam für ihre Schönheit, und das macht sie bestechlich.«

»Ich werde sie zur Kapitulation zwingen.«

»Sobald sie einem von uns nachgibt, wird sie uns beide verlieren.«

»Sie wird uns so oder so verlieren.«

»Sie wird bis zum letzten Zug warten.«

»Ich werde ihr zuvor Schach bieten.«

»Du wirst zu spät kommen, Alexander.«

»Du bist nichts weiter als ein Aufschneider, Capa, ein verfluchter südamerikanischer Prahlhans.«

Ihre Unterhaltungen über Madame Zlata endeten immer auf diese Weise, dann gingen die beiden Kontrahenten zusammen in eine Kneipe in der Innenstadt.

Tagsüber auf dem Wettkampfpodium spielte Capablanca, wie es ihm nie wieder gelingen sollte. Es gab Momente, in denen er glaubte, er könne nie mehr verlieren. Kein einziges Mal mehr, in seinem ganzen Leben. Seine Gegner erlagen ihm, als spielten sie gegen eine Ausgeburt der Intelligenz. Aaron Nimzowitsch, Ossip Bernstein, Isidor Gunsberg … Wenn es ihm gelang, am Ende des Turniers auch noch die Geliebte eines Großfürsten zu verführen, so wäre dies die Krönung seines Triumphs, sinnierte er in seinem Glückstaumel.

Alexander war der einzige Rivale, der ihm Kopfzerbrechen bereiten konnte. Das war ihm bereits bei der ersten Partie bewusst geworden. Er war mit ihm schicksalhaft verstrickt, auch wenn er das damals noch nicht ganz begriffen hatte. Zumindest nicht genug, um dagegenzusteuern.

Nach der Ausscheidungsrunde waren sie noch zu fünft: Sie beide, Lasker, Tarrasch und Marshall. Damit die Menschen die Partien verfolgen konnten, waren entlang der Straßen von Sankt Petersburg unzählige Wandbretter an die Mauern gehängt worden. Die Züge ließ man sich per Telefon diktieren, sodass man sie nachstellen konnte. Die Trottoirs waren von Menschen bevölkert, die sich stundenlang lebhaft über taktische Fragen austauschten.

Zwei Runden vor dem Ende des Wettkampfs lag Capablanca mit mindestens einem Punkt Abstand vor allen anderen. In der vorletzten Partie gab er jedoch zweimal gegen Lasker einen Stellungsvorteil aus der Hand, und gegen Ende unterlief ihm ein sinnloser Zug. Lasker stichelte ihn schon seit Wochen, indem er ihm öffentlich jegliche Genialität absprach und ihm nur eine gewisse mathematische Fähigkeit zuerkannte – er könne ganz einfach hervorragend rechnen. Lasker war ein Meister darin, den Gegner psychologisch zu schwächen: Er bewegte die Figuren mit übertriebener Langsamkeit und mied es, dem Blick des anderen zu begegnen. Auch jetzt ließ er sich keine Gelegenheit entgehen, Capablanca in seinem vermeintlichen Gefühl der Überlegenheit zu demütigen, und schaffte es mit einer beharrlichen Aktion des Turms, seinen irritierten und unaufmerksamen Gegenspieler zu beugen. Er trug eine Brille mit einer Kette und eine Fliege. Und rauchte Zigarren, wie Marshall.

Seine erste Niederlage in jenem Wettkampf war für Capablanca ein unverständlicher Ausrutscher, doch noch war nichts verloren. Ein Remis in der letzten Partie hätte ihm genügt, um sich den beträchtlichen Turnierpreis zu sichern, den der Zar obendrein mit tausend Rubel aufgestockt hatte.

Wenn nur Aljechin ihm nichts von seinem Rendezvous erzählt hätte.

»Sie hat versprochen, mich in ihr Zimmer zu lassen.

Morgen Vormittag. Zur gleichen Zeit, zu der du gegen diesen lahmen Tarrasch spielst. Jedem sein eigenes Turnier, Capa. Bis wir eines Tages um den Weltmeistertitel kämpfen.«

Capablanca hätte sich gern darüber gefreut und mit ihm angestoßen.

»Dazwischen liegt noch eine Nacht«, sagte er stattdessen.

»Aber die wirst du doch bestimmt mit der Vorbereitung deiner Begegnung verbringen, wenn du nicht Geld und Ruhm aufs Spiel setzen willst.«

Aljechin wusste nicht, dass Capablanca bereits den Schlüssel für Madame Zlatas Zimmer in der Tasche trug. Er hatte ihn sich beschafft, indem er eine Dienerin verführte und sich daraufhin von einem Petersburger Schmied eine Kopie des Schlüssels anfertigen ließ. Eigentlich hatte er gehofft, dass er ihn nicht benötigen würde. Aber nun blieb ihm keine andere Wahl. In wenigen Tagen würde alles vorbei sein. Man bereitete schon die *cérémonie de clôture* und das Abschiedsbankett vor. Ach, zum Teufel mit dem Schach. In der kommenden Nacht würde er in das Zimmer der Frau eindringen, die sie beide herausgefordert hatten.

Selbst er hätte nicht im Traum daran gedacht, dass Madame Zlata ihn erwartete. Sie mochte mutige Männer und brannte darauf herauszufinden, wie weit Capablanca in seinem Mut wirklich gehen würde. Nun, da das Turnier kurz vor dem Ende stand, hatte es keinen Sinn mehr, sich den beiden jungen Männern zu verweigern. Aber sie wollte ihnen eine Lektion erteilen. Dass sie eine Wette abgeschlossen hatten, war ihr von Anfang an klar gewesen, und diese Erkenntnis schmeichelte ihr und verletzte sie zugleich. Niemand setzte ungestraft Madame Zlata als Preis für einen Wettkampf aus.

Sie selbst hatte dafür gesorgt, dass Capablanca über eine Dienerin in den Besitz ihres Zimmerschlüssels gelangte. Dann hatte sie mit Aljechin das von ihm so ersehnte Schäferstündchen für den Morgen verabredet, an dem das entscheidende Spiel seines Rivalen und Freundes stattfand, in der Gewissheit, dass Alexander ihm von seinem bevorstehenden Triumph erzählen würde. Schließlich vergewisserte sie sich, dass der Großfürst sie nicht besuchen würde. Weder in jener Nacht noch am folgenden Morgen.

Wenn Capablanca Gebrauch von dem Schlüssel machte, würde alles nach Plan verlaufen. Um sie zu besitzen, würde er das Turnier verlieren und Aljechin seinen Stolz, sobald er erfuhr, dass er als Zweiter in ihr Bett geschlüpft war.

Sie musste nicht allzu lange warten. Kaum wurde es in den Zimmern des Palastes dunkel, hörte sie, wie sich der Schlüssel im Schloss drehte. Die Unbedarftheit des Kubaners berührte sie. Seine Jugend erlaubte es ihm, Theorie und Handbücher zu verschmähen. Er durfte noch der ungehobelten Kraft seines jugendlichen Alters folgen. Und das Risiko eingehen, sein Talent zu vergeuden. Mochte es auch nur um eine Wette unter Freunden gehen. Madame Zlata würde ihn für seine Kühnheit und seine Risikobereitschaft eine gemeinsame Nacht lang belohnen. Großzügig.

Am nächsten Morgen ersetzte ihn Alexander unwissentlich in ihrem Bett, während Capa einen Stellungsvorteil gegenüber Tarrasch preisgab und das Turnier um nur einen halben Punkt verlor.

Zugunsten Laskers, des Älteren.

16

Oft dachte er über die Geometrie des Schicksals nach. Der erste Russe, dem er in seinem Leben begegnet war, war ein Schachmeister. Und wenn Aljechin sein Versprechen hielt, so träfe das auch auf den letzten zu. Sollte er ihn besiegen, würde seine Zeit ablaufen, das spürte er. Nicht nur für ihn, sondern für sie beide. Sie würden im gleichen Alter sterben, darin war er sich sicher. Im Abstand von vier Jahren, in der Reihenfolge ihrer Geburt. Aber das hatte keine Bedeutung. Das Einzige, was für ihn zählte, war, wie er die Bühne verlassen würde.

Jenen riesenhaften Mann seiner Kindertage hatte ihm damals sein Vater gezeigt, in den Straßen von Havanna. José Raúl hatte noch nie einen Mann mit Bart gesehen. Geschweige denn einen mit einem gekräuselten, spitzen Bart. Er erinnerte ihn an ein Fabelwesen, einen Hippogryphen oder Zentaur. Er hatte ihn nicht wieder vergessen. Sein Vater war zu ihm gegangen, hatte ihm die Hand gereicht und gesagt, wie sehr man ihn in ihrem Hause bewundere und schätze. Michail Iwanowitsch Tschigorin lächelte. Seine Kleidung, seine Haltung, sein Blick – in allem war er ein Edelmann, zutiefst in dem zu Ende gehenden Jahrhundert verhaftet. Als sie an ihm vorbeigingen, folgte er dem kleinen Capablanca mit den Augen, ehe er sich wieder seinen Freunden zuwandte, mit denen er sich im Schatten eines mächtigen Bananenbaums unterhielt.

Zu Hause bat José Raúl um ein Blatt Papier und zeichnete ein bärtiges Gesicht. Dann bewahrte er die Zeichnung in einem Versteck auf. Ein paar Jahre später zog er sie wieder hervor. In der Nacht des 31. Dezember 1899. Seine Eltern hatten ihm ein Buch geschenkt. Ein Abenteuerbuch. Von einem französischen Autor. Der Einband zeigte einen struppigen, zerzausten Helden mit mongolischen Augen, der vor einer brennenden Stadt stand, im Hintergrund eine Schneelandschaft. Schnee. José Raúl wusste nicht, was das war. Er nahm seine Kinderzeichnung zur Hand und verglich sie mit der Figur auf dem Buchumschlag. Mochte der Romanheld auch jünger sein und seine Zeichnung nichts weiter als eine kindliche Kritzelei, für ihn stand es außer Zweifel: Tschigorin hatte nicht nur den gleichen Vornamen, sondern auch die gleichen Züge wie Michael Strogoff.

Die ganze Nacht verbrachte Capablanca damit, das Buch zu lesen.

17

Xavier beobachtete ihn unentwegt, während er auf der bloßen Erde der Halle saß. Er hatte ihn schon einmal gesehen, erinnerte sich aber nicht mehr, wo. Ihm kam das Bild eines Mannes in den Sinn, der auf dem Deck eines Überseedampfers stand, die Hände fest auf dem Geländer und die Augen auf den Horizont gerichtet. Aber vielleicht verwechselte er es auch mit der Titelseite einer Zeitschrift, die er am einzigen Kiosk des Dorfes durchgeblättert hatte und auf der bestimmt eine bedeutende Persönlichkeit abgebildet war: ein Fürst, ein Schauspieler oder ein Diplomat.

Capablanca bewegte keinen Muskel. Er wusste, dass der Amerikaner auch den zweiten Springer ziehen würde; er überlegte, ob er mit dem Läufer hinausgehen und anschließend eine Rochade machen oder vorsichtshalber einen weiteren Bauern bewegen sollte.

Die Spannung ließ die Zeit und die Aufmerksamkeit der Anwesenden gefrieren. Es war wie damals, als sie am Hafen von Nazaré auf die Rückkehr des Vaters vom Fischfang gewartet hatten, dachte Xavier. Stundenlang hatten alle schweigend und bewegungslos auf einer Bank gesessen. Niemand hatte ihm erklärt, warum. Er begriff von selbst, als das Boot von der Strömung ans Ufer zurückgetrieben wurde. Gekentert und leer.

Capablanca besann sich noch eine Weile, ehe er sich beherzt für den Läufer entschied. Er wollte so schnell wie möglich zum Ende kommen, auch wenn er als Aufschneider erscheinen sollte. Er fühlte sich gut in Form, wie damals, als er noch unbekannt war und er es immer geschafft hatte, seine Gegner zu überrumpeln. Allein die Erinnerung an die Spinne, die er in der Badewanne gelassen hatte, irritierte ihn. Der Amerikaner erwartete bestimmt ein vorsichtiges Spiel von ihm; doch er würde ihn mit einer Offensivkombination überraschen, wie er sie nur als Junge gewagt hatte.

18

Er erinnerte sich an jede Partie, die er je gespielt hatte. Eines Nachmittags in Moskau versetzte er alle in Staunen, als er einer Journalistin sämtliche Züge einer Partie diktierte, die er im Alter von sechs Jahren gespielt hatte.

Der Vater hielt ihn eine Zeit lang vom Schach fern. Nur abends in der Küche gewährte er ihm hin und wieder ein Spiel. Er fürchtete wohl, dass der Junge eine Leidenschaft dafür entwickeln würde, außerdem verwirrte ihn die Begabung, die er in ihm schlummern sah. Sicher, Schach erforderte Intelligenz, doch im Grunde war es nichts weiter als ein Spiel, mit dem sich nur einige wenige Meister ein Einkommen sichern konnten oder sich Adlige die Zeit vertrieben. Eines Sonntags schlüpfte José Raúl durch die Hintertür des elterlichen Hauses, sprang über das Gartentor und lief in Richtung des Circolo, des legendären Schachclubs von Havanna. Er war erst ein einziges Mal dort gewesen, und das lag schon zwei Jahre zurück, dennoch hatte er sich den Weg eingeprägt. Er rannte fast die ganze Strecke und erreichte sein Ziel nach einer Stunde. Am Sonntagnachmittag war der Saal stets überfüllt. Als sie ihn hereinkommen sahen, dachten die Anwesenden, er hätte sich verlaufen.

»Was willst du, Junge?«, fragte ihn ein Unbekannter mit selbstzufriedener Miene, der kurz davor war, seinen Gegner schachmatt zu setzen.

»Ich bin gekommen, um zu spielen.«

Alle lachten.

»Ich habe euch ja gesagt, dass wir viel Spaß haben werden an diesem Sonntag«, sagte der Unbekannte. »Setz dich ruhig. Ich bin gleich bei dir.«

Er atmete tief den Rauch seiner Zigarette ein, während er sein Vorhaben zu Ende brachte.

»Ich wette auf den Jungen«, sagte ein Mann lachend.

Sie bereiteten den Tisch vor, stellten die Figuren in die Ausgangsposition, zogen den höchsten Stuhl heran, der sich im Saal fand, und legten zwei Kissen darauf, dann fasste ihn einer unter den Achseln und hob ihn hoch.

»Woher kommst du, mein Schlingel?«

José Raúl antwortete nicht. Er fixierte das Schachspiel mit seinem Blick, als gäbe es im Saal nichts anderes.

»Er hat wohl schon mit dem Spiel begonnen.«

»Dann wollen wir ihn nicht weiter stören, pst …«

Erst nachdem er ausgiebig mit den anderen gelacht und gescherzt hatte, setzte sich der Unbekannte ihm gegenüber an den Tisch. Sie hatten ihren Spaß gehabt, nun galt es, den langweiligeren Teil hinter sich zu bringen.

»Lass gut sein, Junge, geh nach Hause, wir sehen uns in ein paar Jahren wieder hier, okay? Ärgere dich nicht, Kleiner.«

»Der erste Zug gehört Ihnen«, sagte José Raúl.

»Hört, hört, er meint es tatsächlich ernst. Also gut, du hast es ja nicht anders gewollt.«

Nach wenigen Zügen wurde klar, dass es sich keineswegs um einen Lausbubenstreich handelte.

Dem Gesicht des Unbekannten konnte man ansehen, dass ihm der Spaß vergangen war.

Die Figuren auf dem Schachbrett bildeten ein merkwürdig verzogenes Muster, das nur schwer zu deuten war. Weiß hatte drei Bauern, einen Turm und beide Läufer und Springer eingebüßt. Wie es zu dieser seltsamen Konstellation gekommen war, wusste sich keiner der Anwesenden zu erklären. Schwarz war am Zug. Mit seinen kleinen Fingern hob José Raúl den Springer und verkündete »Schach«, indem er ihn im Schutz des Läufers zwischen Dame und Turm platzierte. Der weiße König brachte sich in die letzte Reihe in Sicherheit. José Raúl zog einen der Türme in die Mitte des Spielfelds. Der Unbekannte raubte ihm einen Läufer und schöpfte neue Hoffnung. Doch Capablancas Turm wanderte zum Ende der Reihe und bot ein zweites Mal Schach. Der König wich zur Seite aus, wurde aber von der schwarzen Dame angegriffen. Er machte noch einen Schritt. Beharrlich zog der schwarze Turm nach. Der weiße Turm stellte sich ihm entgegen. José Raúl entwendete einen Bauern. Da entfernte die weiße Dame selbstgewiss den schwarzen Springer. Dem Unbekannten war das Lächeln ins Gesicht zurückgekehrt, als hätte er nicht mehr einen Bengel von sechs Jahren vor sich, sondern als wäre er kurz davor, Golmayo oder Vázquez zu schlagen. José Raúl platzierte seine Dame ins letzte Feld und sagte mit seinem hellen Stimmchen ein viertes Mal: »Schach dem König.« Beruhigt begab sich der König in die Deckung seines Turms. Dreist setzte José Raúl ihm seinen Turm vor die Nase und verkündete ein fünftes Mal Schach.

Eigentlich ist er nur ein Kind, dachten die Umstehenden. Dickköpfig, wie ein Kind. Frech, wie ein Kind. Der Unbekannte wurde es allmählich müde. Er wollte abermals zurückweichen. Doch die schwarze Dame hinderte ihn daran, indem sie ihm auf der zentralen Reihe vertikal den Weg abschnitt. Es blieb ihm nichts anderes übrig, als auszuweichen, bis der andere es überdrüssig würde. Die Dame wechselte auf die Diagonale, um ihm erneut den Weg abzuschneiden, und José Raúl bot ein sechstes Mal Schach. Den Unbekannten befiel eine merkwürdige Unruhe. Vorsichtig wich er abermals ein Feld zurück. Als er sich schon in der Nähe seiner Dame in Sicherheit wähnte, erfuhr er zum wiederholten Mal den Angriff des gegnerischen Turms, und dann kehrte auch noch die schwarze Dame in die Mitte zurück, um sich frontal zu ihm zu positionieren. Ohne eine erkennbare Emotion sagte José Raúl: »Schachmatt.«

Niemand im Saal hatte je einem solchen Endspiel beigewohnt. Nachdem er einen Springer und einen Läufer geopfert hatte und mit seinen Figuren zum Schluss in der Minderzahl war, nahm José Raúl das Heft in die Hand und ließ nicht mehr locker, bis zum Schluss. Die Zuschauer im Circolo konnten es kaum glauben. Was für ein unvorhersehbares Manöver von mitreißender, bizarrer Kraft!

Die russische Journalistin, die ihm zwanzig Jahre später zuhörte, während er ihr die Züge diktierte, beschlich das leise Gefühl, dass Capablanca die Geschichte für sie erfunden hatte, dass nichts von dem, was er erzählte, wahr sein konnte und dass womöglich weder ein Kind mit diesem Namen existiert hatte noch eine Insel namens Kuba noch eine Stadt namens Havanna. Dass das Ganze ein Hirngespinst war, der brillante Scherz eines gerissenen Verführers.

19

»Wir haben Ihren Sohn spielen sehen«, sagte der kleinere der beiden Männer. »Ein ganz schön frühreifes Bürschchen.«

»Scheint so, ja«, sagte der Vater.

»Haben Sie ihm Schach beigebracht?«

»Nein, er hat es allein gelernt.«

»Er hat schon alle alten Hasen des Circolo dell'Habana Vieja geschlagen.«

»Das ist mir zu Ohren gekommen.«

»Gestern Nachmittag haben sie unter den Fenstern, die auf den Brunnen hinausgehen, zehn Tische in einer Reihe aufgestellt und ihn gleichzeitig herausgefordert. Wenn wir nicht allein gewinnen können, dann machen wir es eben zusammen, haben sie gesagt. Keiner von ihnen hat es auf fünfunddreißig Züge gebracht.«

»Auch das ist mir bekannt.«

»Sie haben sogar einen auswärtigen Spieler eingeladen und Wetten abgeschlossen. Haben Sie das auch gehört?«

»Nein.«

»Wollen Sie nicht wissen, wie es ausgegangen ist?«

»Nein.«

»Ich werde es Ihnen trotzdem erzählen: Er hat keine Stunde standgehalten. Der Fremde, natürlich.«

Der Vater ließ ein trauriges Lächeln erkennen.

»Sie tragen eine gewisse Verantwortung, das wissen Sie doch?«

»Eine Verantwortung wofür?«

»Eine Verantwortung Ihrem Sohn gegenüber.«

»Worauf wollen Sie hinaus?«

»Sie haben seine Zukunft in Ihren Händen.«

»Ich habe gar nichts in Händen.«

»Sie verstehen nicht: Ihr Sohn könnte zu einer bedeutenden Persönlichkeit werden, berühmt und reich. In unserem Viertel hat es noch nie jemanden wie ihn gegeben. Der Junge hat eine große Begabung. An Ihrer Stelle würde ich all meine Ersparnisse darauf setzen.«

Capablancas Vater stand auf, ging zur Anrichte und holte eine Flasche heraus. Ohne den beiden Besuchern einen Drink anzubieten, schenkte er sich ein Glas ein und nahm wieder Platz.

»Stellen Sie sich mal vor: Sämtliche Fachzeitschriften werden über ihn berichten, die wichtigsten Zeitungen. Sein Name wird der eines großen Schachmeisters sein, wer weiß, eines Tages vielleicht sogar der des Weltmeisters. Ist Ihnen eigentlich bewusst, was für ein Glückspilz Sie sind?«

»Nein.«

»Sie müssen blind sein. Der Junge braucht nur jemanden, der ihn führt, der ihn vorbereitet, seine Karriere in die Wege leitet.«

Eine unangenehm klamme Dämmerung hatte sich auf das Zimmer herabgesenkt. Der kleine Mann war der

Einzige, der nach wie vor sprach. Er hatte eine raue Stimme, räusperte sich immer wieder durch ein nervöses, leises Hüsteln und fuchtelte mit den Händen. Der andere war größer als er und hatte im Gegensatz zu ihm noch dichtes schwarzes Haar. Er lächelte still vor sich hin, wobei er große weiße Zähne entblößte und die Augenbrauen wölbte.

Capablancas Vater hörte längst nicht mehr zu.

»Es ist eine Gelegenheit, die Ihnen kein zweites Mal geboten wird. Er ist noch ein Kind, und wir könnten ihn zu einem Phänomen machen. Wir würden auf der Insel beginnen: Pinar del Río, Villa Clara, Santiago … eine Partie auf dem zentralen Platz in jedem Ort. Jedes Mal einen *Peso.* Innerhalb eines Sommers sind Sie ein reicher Mann, das werden Sie schon sehen. Und wenn José erst mal alle Schachspieler Kubas bezwungen hat, werden wir mit dem eingenommenen Geld die Meerenge überqueren und ihn nach Florida bringen und dann bis hinauf nach New York.«

Capablancas Vater senkte den Blick zum Boden, wo er ihn ein paar Minuten lang ruhen ließ. Er hob ihn nur, um zu sagen:

»Mein Sohn wird Ingenieur werden.«

»Sie irren sich, Señor Capablanca.«

»Ich irre mich nicht.«

»Schach ist sein Schicksal, Señor Capablanca.«

»Niemand kennt das Schicksal eines *niño.*«

»Ich bin sein Schicksal, Señor.«

Capablancas Vater erhob sich und bedeutete den beiden Männern zu gehen. Es gab nichts mehr zu sagen. Vor der Haustür gaben sich die drei Herren flüchtig die Hand. Der kleinere der beiden Besucher fuhr sich mit dem Daumen an den Hals und strich nervös über den seitlichen Nervenstrang. Kaum fiel die Tür hinter ihnen zu, erlosch das Lächeln seines Freundes.

20

Mittlerweile wussten alle um seine Verschrobenheit. Ein stiller, in sich gekehrter Junge, der einen mit stumpfem, leerem Blick ansah, wenn man versuchte, ihn aus der Reserve zu locken. Um ihn von seiner Schachbesessenheit abzulenken, hatte ihm der Vater auf einem der großen Märkte einen Hund gekauft. Eine knochendürre Promenadenmischung, jedoch mit einem übermütigen, fröhlichen Gesichtchen. Ein Welpe, den man seiner Mutter zu früh weggenommen hatte. Doch als José Raúl zum ersten Mal allein mit ihm spazieren gehen durfte, vergaß er ihn im öffentlichen Park hinter dem Haus seiner Eltern. Er hatte ihn an eine Parkbank angebunden. Zumindest sagte er das. Als sie rasch zu der angegebenen Stelle im Park rannten, war das Hündchen verschwunden.

José Raúls Zerstreutheit wuchs zusehends, und er tat und sagte Dinge ohne Sinn und Verstand. Seine Familie war äußerst besorgt. Als er kurz nach dem Vorfall mit dem Hund von einem Spaziergang nach Hause kam, sagte seine Mutter, er solle ein Bad nehmen, das Wasser sei bereits eingelassen. Sie würde gleich bei ihm sein, um ihm den Rücken abzuschrubben. José Raúl tat wie ihm geheißen, vergaß jedoch, sich auszuziehen. Vollständig bekleidet, mit Schuhen und Jacke, stieg er in das lauwarme Wasser und wartete geduldig, bis jemand kam, um ihm zu helfen.

Allmählich gewöhnten sie sich an seine gedankenverlorene Art und fanden sich damit ab, dass er keinen Sinn für das praktische Leben hatte. Bis José Raúl eines Tages sogar zu essen vergaß. Und wenn man darauf bestand, dass er etwas zu sich nahm, wandte er entschieden das Gesicht ab. Im Winter rührte er einmal drei Tage lang kein Essen an. Am vierten Tag brach er – mitten in der Küche – auf dem Boden zusammen.

Als er die Grundschule beendet hatte, erlaubte sein Vater ihm endlich, in den Schachclub zu gehen, aber nur am Sonntag. Er war die heimlichen Fluchtversuche leid. An manchen Nachmittagen suchten sie bis zum Abendessen vergeblich nach ihm. Seine Mutter regte sich jedes Mal fürchterlich auf und machte sich Sorgen. Doch wenn sie ihn dann fragten, wo er denn gewesen sei, schwieg José Raúl beharrlich. Egal, was sie auch versuchten, es war keine Silbe aus ihm herauszubekommen. Die Mutter wurde vor Angst fast verrückt. Nur der Vater wusste, dass er im Circolo den Alten beim Spielen zusah.

Seine Frau warf ihm vor, zu nachsichtig mit dem Jungen zu sein. Ihr Instinkt sagte ihr, dass sein sonderbares Verhalten begonnen hatte, als er das Schachspielen entdeckte. Sie verabscheute dieses Spiel und war überzeugt, dass es Kindern schade. »Es ist die Schuld von dem, der es ihm beigebracht hat«, sagte sie. Dabei sah sie ihren Mann so feindselig an, dass er sich bemüßigt sah, auf die Terrasse hinauszugehen, um eine Zigarette zu rauchen.

Capablancas Vater wusste nicht, was er tun sollte. Er sprach mit seinen Freunden darüber, stieß bei ihnen jedoch auf Unverständnis. »Warum machst du dir denn solche Sorgen«, sagten sie immer wieder. »Lass die Zeit für dich arbeiten, die Zeit wird es schon richten.« Der Vater hatte vorübergehend die beiden Schachspiele versteckt, die im Haus waren. Außerdem bat er den Großvater, José Raúl keine Geschichten von Schachmeistern der Vergangenheit mehr zu erzählen. Oder der Gegenwart, wie etwa von Tschigorin. Und wenn jemand kam, um ihm eine Partie vorzuschlagen, wie früher der Oberst, lehnte er unter einem erfundenen Vorwand höflich ab.

In jener Zeit nahm er José Raúl fast jeden Tag mit in den Park. Dort kaufte er ihm ein Eis oder ein Tütchen Samen und einmal sogar einen Drachen, den er steigen ließ. Immer wieder wies er auf Pflanzen, nannte ihre Namen und ließ ihm ausreichend Zeit, sie zu bewundern. Er ging neben ihm in die Knie, um auf gleicher Höhe mit ihm zu sein, und flüsterte ihm ins Ohr: »Wenn man die Dinge aus niedriger Höhe betrachtet, versteht man sie besser.« Dann nahm er seine Hände und sagte: »Schau nur.« José Raúl schaute: Vor seinen Augen wuchsen gigantische, uralte Magnolien, die ihre Äste gen Himmel reckten. Aber das, was er sah, war nicht die im Überfluss wuchernde Vegetation, das verworrene Labyrinth der Astgabeln, in denen sich das Licht brach, nein, José Raúl sah die Geometrie der Schatten, die in seinen Augen stets zu einem Viereck wurden und acht, sechzehn und schließlich vierundsechzig kleine Quadrate bildeten, in denen er die Figuren platzierte, um seine Züge zu spielen.

Eines Abends schleuderte seine Mutter ein Heft mit karierten Seiten auf den Küchentisch.

»Was ist das?«, fragte sie.

José Raúl antwortete nicht.

»Ich habe gefragt, was das ist«, sagte seine Mutter abermals.

Schweigen.

Sein Vater nahm das Heft in seine langen, schmalen Hände und schlug es auf. Sämtliche Seiten waren mit José Raúls winziger Handschrift vollgeschrieben, mit Buchstaben und Ziffern, die in ihm unbegreiflichen Tabellen angeordnet waren: d4, h6, g2 … Er sah seinen Sohn an. Am unteren Rand einer Seite war etwas ausradiert und mehrmals überschrieben worden; er konnte nur die Kombination d4-d5-e4-e5 erkennen: die Windrose …

»Ich verstehe kein Wort. Was treibt ihr hier eigentlich? Ich weiß nur, dass das keine Aufzeichnungen von Seeschlachten und vor allem keine Mathematikaufgaben sind. Wir müssen ihn zu einem Arzt bringen.«

»Aber José Raúl ist doch so ruhig«, sagte der Vater.

»Er ist nicht ruhig, er verheimlicht uns nur etwas.«

»Was soll er denn verheimlichen?«

»Irgendetwas. Ich weiß auch nicht, was, aber er verheimlicht etwas.« Gereizt ließ sie die beiden stehen.

Ein paar Tage darauf kam ein Klavierlehrer ins Haus. Der Junge sollte einmal in der Woche Unterricht bekommen. Der Vater hoffte, ein anderes Interesse in ihm wecken zu können, und ein Musikinstrument erschien ihm eine gute Idee. José Raúl brauchte nicht lange, um auf der Klaviatur die ersten Übungen nachzuspielen, und lernte schnell, die Noten zu lesen. Doch als der Vater Notenhefte fand, die mit Schachformeln und -zeichnungen vollgekritzelt waren, gab er auf.

»Verdammt«, sagte er, »dieser Junge sieht überall Bauern, sogar in den Noten.«

Er stand von seinem Sessel auf, öffnete den hölzernen Schrank, der die hintere Wand seines Büros einnahm, und zog eines der beiden Schachbretter unter einem Stapel Wörterbücher und alter Bände mit klassischen Werken hervor. Dann ging er in den Salon zurück und stellte das Spiel auf das dreifüßige Tischchen, auf dem es immer gestanden hatte, dasselbe, das man auch auf dem Foto sah, das Capablanca später immer bei sich tragen sollte.

»Das heißt nicht, dass du nach Lust und Laune spielen kannst. Zuerst die Hausaufgaben, dann das Klavier … und erst danach, wenn dir wirklich so viel daran liegt … Ich werde zusehen, dass ich im Club einen Lehrmeister für dich finde.«

Binnen weniger Monate konnte Golmayo, der versierteste und älteste unter den kubanischen Schachmeistern, es sich nicht mehr erlauben, José Raúl den Vorteil eines überzähligen Turms zu gewähren.

21

Das Licht des Äquators einfangen. Eine gut gespielte Partie gab ihm das Gefühl, das Licht des Äquators einzufangen.

Das hatte er bei dem Abendessen gesagt, das ihm zu Ehren von der Gemeinde Rio Preto organisiert worden war. Olga saß an seiner Seite und sah ihn mit ihren großen, hellen Augen an. Nicht einmal sie konnte es verstehen. Doch Capablanca vertiefte das Thema nicht. Er hatte keine Lust mehr dazu. Allein der aus dem Baskenland stammende französische Journalist Eric Arizabal, der ihm eine Zeit lang immer gefolgt war, hatte intuitiv begriffen, was er meinte. Eric – wie sehr er ihm fehlte. Wenn er doch jetzt bei ihm hätte sein können, in diesem Dorf, das nach einem Fluss benannt war.

»Es ist, wie wenn man eine Passhöhe erklimmt, und unten liegt ausgebreitet eine Plantage, umgeben von Wald …«

Damals, in den goldenen Zeiten, war Eric der Einzige gewesen, der ihn reden ließ. Ein Hüne von Mann mit einem schneeweißen Kinnbart, der nie die Gelegenheit verpasste, ein Gläschen zu trinken.

»… man ist schon unzählige Male dort vorbeigekommen, zu jeder Jahreszeit, aber immer war es neblig und der Himmel wolkenverhangen, oder es regnete in Strömen.«

Die anderen Journalisten wiederholten immer weiter die üblichen Fragen zu seiner Taktik, als würde er sie nicht beantworten oder plauderte über etwas ganz anderes.

»… aber eines Nachmittags steigt man wieder hinauf, und hinter der ersten Kurve lächelt einem, ganz unverhofft, die Sonne entgegen, aber nicht die Sonne, an die wir gewöhnt sind, eine andere Sonne, eine Sonne, die einen begreifen lässt, warum die Astronomen von einem Stern sprechen, eine Sonne, die alles in ein absolutes Licht taucht, ganz gleich wohin man sich dreht, jede Einzelheit ist erleuchtet. Und es ist, als wäre es das erste Mal, als wäre es nie zuvor so gewesen – die Pinien, das Meer im Hintergrund und die Palmenplantagen, die Häuser, die zerfallenen Kirchen an den Straßen, die Reklametafeln; aber es ist nicht allein das Werk der Sonne, sondern auch das des Windes, eines gewaltigen Windes, der selbst das kleinste Staubkörnchen weggefegt hat, und alles ist ganz nah und greifbar, die Blätter und die Rinde der Bäume, ja sogar der Schatten ist anders als sonst, dichter, fast körperhaft, hat ein Volumen, und man kann ihn berühren wie alles andere auch …«

Ob in Paris, in Margate oder in Moskau – immer hörte Eric ihm zufrieden zu, blickte ihn zustimmend an, und er konnte sehen, dass sie dem roten Faden seiner Gedanken folgten.

»… nun, ein gut geführtes Spiel erzeugt genau so ein Licht, verleiht den Dingen Konsistenz, erlöst sie aus ihrer

Stumpfheit, zeigt einem, was man nicht mehr zu sehen fähig war oder, in manchen Fällen, noch nie gesehen hat … das ist der Punkt, an dem meine Gedanken eine mathematische Klarheit erlangen, und ich weiß, dass ich die Partie in der Hand habe: Jedes Mal empfinde ich von Neuem die gleiche Emotion und das gleiche Erstaunen. Ich bewege mich in einer Ebene voller sichtbarer Fallen. Doch die größte Falle in diesen Momenten ist, dass ich nur allzu klar auch die Konturen meines Lebens sehe …«

An diesem Punkt hörte Eric auf, Notizen zu machen, und Capablanca hörte auf zu sprechen, und die beiden landeten in einem jener Nachtlokale, in denen eine Band Farbiger, die ihn an die Sklaven seiner Kindheit erinnerten, mit ihren vergoldeten Instrumenten eine seltsame neuartige Musik spielten, der jemand bereits einen unaussprechlichen und unsinnigen Namen gegeben hatte.

22

Morgens nahm ihn der Großvater oft mit, das Wrack der »Maine« anzuschauen. An manchen Tagen hielt sich die Morgenröte noch stundenlang am Himmel. In diesem Licht spazierten sie Seite an Seite und betrachteten die Stadt, die wie ein Tier allmählich erwachte. Auf ihrem Spaziergang zu den südlich gelegenen Stadtteilen gelangten sie durch enge, feuchte Gassen. Sie kamen an Apotheken vorbei, in deren Schaufenstern Keramikgefäße ausgestellt waren, und an Geschäften mit Puppen aus Pappmaché. Sie überquerten Obstmärkte, Plätze mit schadhaftem Pflaster und Kirchplätze mit Kathedralen, aus denen zuweilen Bräute kamen, deren weiße Röcke sich in der Meeresbrise blähten. José Raúl nahm jede Einzelheit in sich auf: die lederne Haut der alten Männer, die Zigarren rauchten und Domino spielten; der Geruch des Meeres, dem sie immer näher kamen; die riesigen Brüste der Frauen, die sich nur unzureichend bedecken ließen. Die Straßen waren spiegelblank und rutschig, und man konnte dabei zuschauen, wie der Verputz der großen Wohnhäuser abbröckelte und die Farbe verblich. Sein Großvater lehrte ihn die Namen der Hölzer, mit denen man im Hafen von Havanna Schiffe gebaut hatte zu einer Zeit, als die Stadt noch der Schlüssel zur Neuen Welt genannt wurde. *Acana, jiquí, júcaro, quiebrahacha …* harte, wasserfeste Hölzer. Während er sprach, tat sich unvermittelt die Bucht vor ihnen auf. Verbunden mit einem stechenden Schmerz. Für José Raúl war der Malecón, die steinerne Ufermauer, der Rand eines Schachbretts. Ein ausgedehnter heller, horizontaler Streifen, an dessen Enden je ein Turm Wache hielt. Er hätte den ganzen Tag lang den Meereskorridor betrachten können, der sich vor dem Leuchtturm des Castillo del Morro erstreckte. Ohne je müde zu werden.

Dieser Ort gefiel ihm. Mit dem Kommen und Gehen der Menschen, den in den Werften aufgebockten Schiffen, mit den Arbeitern, die die Rümpfe kalfaterten, und den Fischverkäufern. Es gefiel ihm auch, wenn starker Wind ging und die Wellen über die Mauer sprangen und in unregelmäßigen Abständen die Avenida del Golfo überschwemmten.

Seit ein paar Jahren beherrschten die Überreste der »Maine« die Hafenzone, in der eine Explosion sie für immer vor Anker gelegt hatte. Zum Zeitpunkt der Detonation hatte José Raúl mit seinem Vater Schach gespielt und bemerkt, wie die Figuren zitterten und durcheinandergerieten.

»Ein Erdbeben!«, schrie die Mutter.

Der Vater hob einen Bauern vom Boden auf und stellte die Figuren wieder in ihre Position zurück. Dann zog er den Springer.

»Lass uns erst die Partie beenden, dann gehe ich nachsehen, was passiert ist.«

Er verlor in fünf Zügen.

Als er am Hafen ankam, hatte man begonnen, die Toten auf der Mole aufzureihen. In den Gebäuden, die die Bucht säumten, waren sämtliche Fenster zersprungen. Das Unglück hatte 254 Menschenleben gefordert, wie sich herausstellte. 254 nordamerikanische Seeleute. Wenige Tage darauf erklärten die Vereinigten Staaten Spanien den Krieg, und binnen vier Monaten erlangte Kuba seine Unabhängigkeit.

»Schau es dir gut an«, sagte sein Großvater. »Dieses Panzerschiff dort ist wie die Wahrheit: ein halb versunkenes Skelett.«

»Was willst du damit sagen, Großvater?«

»Dass man die Wahrheit gar nicht ganz versenken muss, es reicht, wenn man einen Teil untergehen lässt.«

»Das verstehe ich nicht.«

»Du wirst es verstehen, wenn du groß bist. Die Wahrheit ist nur als Ganzes zu etwas nütze. Sonst ist sie nichts weiter als ein verrostetes Eisen.«

José Raúl betrachtete das Wrack.

»Wir werden nie erfahren, ob bei einem verdammten Unfall im Kielraum die Munition explodiert ist, oder ob jemand eine Mine gelegt hat. Und selbst wenn es so war, werden wir nie wissen, wer es gewesen ist. Ein Spanier, ein entlaufender Sklave oder eine brennende Montecristo … Tatsache ist, dass es nicht auf die Wahrheit ankommt, es zählt nur die Absicht.«

»Immerhin sind die Spanier gegangen, Großvater.«

»Wir sind vom Regen in die Traufe geraten, José Raúl. Aber sag deinem Vater nicht, dass ich dir von diesen Dingen erzählt habe. Er würde nur wütend werden.«

»Ich sag ihm bestimmt nichts.«

»Du bist ein Pfundskerl von einem Enkel, José. Die Freiheit kannst du dir nur selbst erobern, niemand wird sie dir geben.«

»Ich werde sie mir nehmen, Großvater.«

»Da bin ich sicher, José.«

23

Man hatte ihm gesagt, es sei besser, wenn er seinen Fuß nicht in jene Gegend setze, denn dort gebe es einen, den niemand besiegen könne. Einen, der anstelle der Schädeldecke eine gewölbte Eisenplatte hatte. Eine silberne Kuppel, die an den Schläfen verschraubt war. Eine angeborene Missbildung: Er war mit offener Schädeldecke auf die Welt gekommen. Der Mutter hatten sie ihn gar nicht erst gezeigt. Eine Krankenschwester hatte ihn in ein Tuch gewickelt und auf eine Marmorbank gelegt, zwischen die anderen Säuglinge, die an diesem Tag die Geburt nicht überlebt hatten. Der Arzt war gerade im Begriff der Frau zu sagen, sie sei ja noch jung und könne bald wieder ein Kind bekommen, als sie das Kind wimmern hörten. Da legten sie den Kleinen in einen Glaskasten, wo er monatelang blieb.

Die Kinderärzte berieten sich über die weitere Vorgehensweise, doch im Grunde wollten sie einfach nur Zeit gewinnen, denn sie waren überzeugt, dass er bei der geringsten Komplikation sterben würde. Stattdessen wuchs das Kind und blickte sie mit seinen schwarzen, stummen Augen an. Wenn sie es aus dem Brutkasten genommen hätten, wäre es binnen Kurzem von einer Grippe hinweggerafft worden. Ihnen blieb nichts anderes übrig, als einen Eingriff zu wagen, der im Grunde aussichtslos war: seinen Schädel mit einer Metallkuppel zu verschließen. Dafür mussten sie ganz genau den Platz berechnen, den das Gehirn benötigte, um sich in den nächsten Jahren ausreichend zu entwickeln. So lautete die Geschichte, die man sich über den Mann erzählte. Die Operation hatte ihm das Leben gerettet, ihn jedoch um das Sprechvermögen gebracht, außerdem verlieh ihm der Eingriff für den Rest seines Lebens ein unnatürliches und bedrohliches Aussehen, obwohl er stets eine Baskenmütze trug. Selbst die ihm nahe stehenden Menschen empfanden in seiner Gegenwart ein Gefühl der Scham. Hilflos mussten sie zusehen, wie er von Migräneanfällen heimgesucht wurde und vor Schmerz stöhnend über dem Tisch zusammensank. Des Nachts hörten sie ihn mit unartikulierten Lauten beten, dass ihn ein Geisterschiff fortbringen möge, in den Nebel hinaus. Doch irgendwann gewöhnten sich alle daran.

Sie wussten, dass sie ihn Abend für Abend in Rubéns Taverne vor einem Schachspiel antreffen würden. Dort forderte er die vorbeikommenden Fremden zum Spiel heraus – pensionierte Kapitäne, Offiziere, Lehrer. Ohne je den Blick zu heben. Wer wollte, konnte sich mit ihm messen. Sich einen Schnaps bestellen und es dann versuchen. Er war jederzeit zu einem Spiel bereit. Es war der einzige Austausch, den er mit der Welt pflegte. Rubén duldete ihn, um Kundschaft anzuziehen. Eine Extravaganz. Im Gegenzug gab er ihm zu essen. Und zu trinken, bis der Alkohol seine Venen anschwellen ließ und das Blut gegen die Eisenplatte zu drücken begann.

José hatte durch Schulkameraden von ihm erfahren.

»Geh zum Hafen, wenn du dir eine Schlappe einhandeln willst«, hatten sie gesagt. »Der Typ ist ein echter Dickschädel, und er wird dir eine Lektion erteilen, du Weichei.«

José Raúl hatte sie reden lassen. Doch von jenem Morgen an hatte der legendäre Mann vom Hafen von seinen Gedanken Besitz ergriffen. Er musste unbedingt herausfinden, ob er tatsächlich existierte, und, wenn ja, zu ihm gehen und ihn schlagen. Dann würde es in ganz Havanna niemanden mehr geben, der ihm das Wasser reichen konnte. Nicht einmal Corzo, der Schachmeister.

Nachdem er am darauffolgenden Montag das Schulgebäude verlassen hatte, ging er allein in Richtung Meer. Es hatte geregnet, und seine Füße zertraten die Oberfläche der Pfützen, als wären sie aus Kristall. Er brauchte eine halbe Stunde. Der letzte Platz vor dem Meer war groß, staubig und verlassen, in der Mitte eine Barockkirche und rundherum eine Reihe verwahrloster Mietskasernen, deren Fassaden von der Salzluft fleckig geworden waren. Eine dunkelhäutige Frau näherte sich ihm. Ihr zerrissener Rock gab den Blick auf ihre schwarzen, muskulösen Schenkel frei.

»Was suchst du in dieser Gegend, Junge?«

»Man hat mir gesagt, dass es hier jemanden gibt, der gut Schach spielt.«

»Wer hat dir das gesagt?«

»Ein Schulfreund.«

»Und sonst hat er dir nichts gesagt?«

»Doch, er hat mir gesagt, dass er eine Metallschachtel

anstelle des Kopfes hat und nicht spricht. Ich will wissen, ob es wahr ist.«

»Du bist ein neugieriger Kerl. Wie heißt du?«

»Ich will wissen, ob es wahr ist; und wenn es wahr ist, will ich ihn treffen.«

»Wie entschlossen wir sind, kleiner Herr *Ichwillwissenobeswahrist.* Wenn dir so viel daran liegt, dann findest du ihn bei Rubén, aber nicht vor heute Abend.«

»Ich weiß nicht, wo Rubén ist.«

»Für fünfzig *centavos* bringe ich dich zu ihm.«

»Ich werde ihn schon allein finden, ich frag mich einfach durch.«

»Wie alt bist du?«

»Sechzehn.« Das war gelogen.

»Und wie viel Geld hast du bei dir?«

Capablanca antwortete nicht.

»Warum kommst du nicht mit hinauf und vertreibst dir bis zum Abend die Zeit mit mir und meinen Freundinnen?«

»Wo wohnen Sie?

»Ganz in der Nähe. Normalerweise ruhe ich mich um diese Zeit aus, aber du gefällst mir.«

»Ich heiße José Raúl«, sagte Capablanca zerstreut.

»Gut, José Raúl, und ich heiße María, María Elena Martínez. Nun komm.«

An jenem Nachmittag erfuhr Capablanca, dass es stimmte, dass alles stimmte, was seine älteren Freunde über die Frauen erzählt hatten, und über ihren Körper, ihre Hände und ihre Haut, über ihren Geruch. María Elena und ihre Mitbewohnerinnen zeigten es ihm in einem

Haus, das früher einmal einer adligen Familie gehört haben musste, denn noch immer waren die Spuren der erloschenen Pracht zu sehen. Am Abend konnte er sich dann davon überzeugen, dass es auch den Mann gab, der ein Eisendach anstelle der Schädeldecke hatte. Und in der Nacht, nach einem mehrstündigen Spiel, erlebte er zum ersten Mal den bitteren Geschmack der Niederlage, der stets auf die Liebe folgt.

24

Die Uhr tickte langsam. Der Amerikaner war in Gedanken versunken. Capablanca hob den Blick vom Schachbrett. Die staubige Sporthalle hatte zwei große, hoch angebrachte Radfenster, wie in einer Kirche. Ein unerbittliches Licht drang durch sie herein, und man konnte die kahlen Gipfel zweier Berge sehen. Capablanca bemühte sich, sie zu fokussieren. Aus einer von Felsen gerahmten Ecke des Himmels schwebte ein dunkler, lang gezogener Fleck dahin. Vielleicht ein Adler mit ausgebreiteten Schwingen. Er musste an einen anderen Vogel denken, der auf seiner Insel verbreitet war, den *totí* mit seinem pechschwarzen Gefieder. Einmal hatte er einen ganzen Schwarm vorbeifliegen sehen. Ein Schatten aus durchdringendem Geschrei hatte sich über das Haus gelegt. Der kleine Capablanca hatte seinen Großvater gebeten, ihn die Sprache dieser Vögel zu lehren, aber der Großvater wollte nicht.

»Das sind Reisdiebe«, sagte er. »Und die Worte von Dieben sind gestohlene Worte.«

José Raúl beharrte nicht länger auf seiner Bitte, sondern empfand ein merkwürdiges Gefühl der Scham, als wäre er zurechtgewiesen worden. Auch er hatte seinem

Vater das Geheimnis des Schachspiels geraubt, und nun plünderte er ungestraft jeden aus, der ihn herausforderte, von den Meistern des Circolo bis zu den Gegnern, auf die er nur gelegentlich traf. Jedem von ihnen entlockte er etwas, sei es eine List, eine Gewohnheit oder einen Köder. Es genügte, wenn er nur einmal die Taktik einer Verteidigung oder eines Angriffs verfolgte, um sie ebenfalls anzuwenden und ihre Stärken und Schwächen zu erkennen. Anhand weniger Züge durchschaute er alles. Oft jedoch war es eine schmerzliche Erkenntnis. Das Spiel enthüllte die Natur der Menschen wie sonst nur – so sollte ihm mit immer größerer Klarheit bewusst werden – die körperliche Liebe.

Einmal hatte er seinen Vater nach Santiago de Cuba begleitet, der dort etwas zu erledigen hatte. Bei ihrer Ankunft ging gerade ein wolkenbruchartiger Sommerregen über die Stadt nieder. Um die Zeit des Wartens zu überbrücken, hatte er sich vom Vater beim örtlichen Schachclub absetzen lassen. Ein Herr mittleren Alters mit einem weißen, gezwirbelten Schnurrbart und kleinen, freundlichen Augen schlug ihm eine Partie vor, ohne zu fragen, wer er sei, und verzichtete ganz selbstverständlich auf seinen Damespringer, ein Vorteil, den man für gewöhnlich Anfängern gewährt. José Raúl willigte ein und besiegte ihn drei Mal hintereinander. Da forderte ihn der Mann unter gleichen Bedingungen heraus, doch auch diesmal erlitt er rasch eine Niederlage. Nachdem der Fremde mit leiser Stimme und mit der ihm eigenen maßvollen, wenngleich nicht minder energischen Art gegen die Kirche, die Regierung und den hundsgemeinen Regentag gewettert hatte, der ihm in die Knochen fuhr und ihm das Hirn vernebelte, war es José Raúl, der auf einen Springer verzichtete. Diesmal dauerte die Partie ein paar Minuten länger, aber das Ergebnis war das gleiche. Die Bartspitzen seines Gegners waren inzwischen zerzaust. Schließlich setzte sich der Mann seinen Sombrero auf, erhob sich und stürmte grußlos aus dem Saal. Kurz darauf kam er platschnass wieder zurück, entschuldigte sich für sein rüdes Verhalten und fragte, wie der Junge heiße, der ihm gezeigt hatte, was für ein mittelmäßiger Spieler er doch sei. Bestimmt hatte er sich in seinem späteren Leben des Öfteren gerühmt, dem zukünftigen Schachweltmeister einst den Vorteil eines Springers gewährt zu haben.

Impulsivität, Mut, Angst, Fantasie, Neid … alle diese Gefühlsregungen, die andere Kinder auf der Straße lernten, hatte er auf diese Weise erfahren, durch holzgeschnitzte Figuren. Allen voran Neid. Anfangs brachten ihm die Leute eine wohlwollende, manche auch eine begeisterte Neugierde entgegen. Die Erwachsenen hatten ihn gern in ihrer Nähe, strichen ihm über den Kopf, überschütteten ihn mit Komplimenten. Es amüsierte sie, dass er die erfahrensten Schachspieler der Stadt bloßstellte. Viele sahen sich in seinen Auftritten gegenüber anderen gerächt, die mehr Talent hatten als sie. Doch bald begannen sie, ihn in anderem Licht zu sehen – als einen, den das Schicksal allzu sehr bevorzugte. Je älter er wurde, mit umso mehr Verachtung begegneten sie ihm. Solange er Kind gewesen war, hatten die Leute seine Begabung als eine Laune der Natur betrachtet, ein Wunder. Eine Freude. Doch als er erwachsen war, empfand man seine Überlegenheit gegenüber jedem seiner Rivalen zusehends als anstößig. Manchmal versuchte er, sich einige der Partien zu erschweren, um sie länger dauern zu lassen, jedoch vergeblich. Stets endeten sie damit, dass er seine Gegner mit einem genialen Einfall überraschte, der allen den Atem raubte. So sehr er sich auch bemühte, fühlte er sich von einer Atmosphäre des Grolls umgeben und wusste, dass bald jemand kommen und sich diesen Hass zunutze machen würde. Aus Neid, aus purem Neid hatte sich Aljechin schließlich seinen Platz zu eigen gemacht. Und aus Neid fuhr er fort, ihn zu demütigen und den Tag der Abrechnung immer weiter hinauszuschieben. Damit er, Capablanca, auf immer und ewig für die Gunst seines Schicksals würde büßen müssen.

Nachdem der Amerikaner einen Bauern gezogen hatte, führte Capablanca mechanisch eine Rochade aus.

25

Viele Monate später kehrte er in die Seitengasse zurück. Die ganze Zeit über hatte er nichts anderes getan, als die verlorene Partie nachzuspielen. Zug für Zug. Später sollte er nicht müde werden, den Journalisten zu erklären, dass man sehr viel mehr aus Niederlagen als aus Siegen lerne. Zum ersten Mal wurde er sich seiner Verwundbarkeit bewusst. Es war eine bittere Erkenntnis. Noch ehe man ihn in unzähligen Sprachen so nannte, hatte er tatsächlich geglaubt, ein Lieblingskind der Götter zu sein. Die Großmutter hatte ihm erzählt, er sei mit einem Hemd geboren worden. Das sagte sie immer wieder. Sie hatte es entfernt. Er war mit einer klebrigen grünen Paste überzogen gewesen, und sie und die Hebamme hatten eine Schüssel mit warmem Wasser gefüllt und ihn hineingetaucht, um alle Geburtsflüssigkeiten von ihm abzuwaschen. Mit ihren erfahrenen Händen säuberte sie seinen Rumpf, die winzigen Beinchen und das Gesichtchen. Mit äußerster Behutsamkeit, als würde sie ihm ein Kleid und eine Maske abstreifen. Nie zuvor hatte sie ein Kind gesehen, das von Kopf bis Fuß mit einem undurchlässigen Film bedeckt war. So als wäre er mit einem Schutzpanzer gegen den Mief der Welt geboren worden. Sie betrachtete es als Glücksomen, behielt den Gedanken aber lieber für sich. »Nur wer es besitzt«, sagte sie zu ihm, »darf erfahren, was für ein Glück ihm beschert ist.«

Doch nun, elf Jahre später, hatte ein Mann, der noch stiller war als er, die ihn umgebende unsichtbare Membran an einer Stelle aufgerissen. Der unerwartete Verlust eines Springers hatte genügt. Nie würde er erklären können, was genau passiert war. Er hatte nicht wegen einer unbedarften Spielführung verloren. Er hatte verloren, weil er von einer unaufhaltsamen Niedergeschlagenheit befallen worden war. Egal, wie oft er es probiert hätte, er wäre immer wieder daran gescheitert.

In der Schulbibliothek, in der er lange Nachmittage verbrachte, fand er ein Buch, das ihn von der ersten Zeile an fesselte: *Die Siegfriedsage.* In der Legende wurde ein Säugling in Drachenblut getränkt, um ihn unverletzbar zu machen, doch ein Blatt fiel ihm auf den Rücken und ließ eine Stelle trocken, eine einzige Stelle, in der Nähe einer Niere. Wenn es einem Bogenschützen gelänge, genau diesen Punkt zu treffen, würde er ihn töten. Für Capablanca war die Geschichte des Helden von diesem Moment an nicht mehr die seiner unzähligen Erfolge, sondern nur noch die des Wartens auf die unausweichliche Niederlage. Über die Serie der Triumphe hatte sich für immer eine dumpfe Ahnung des bevorstehenden Untergangs gelegt.

Als er in Rubéns Taverne zurückkehrte, um endlich den Mann zu besiegen, der nicht sprechen konnte und der wie die Matrosen eine wollene Baskenmütze trug, war Capablanca schon nicht mehr in der Lage, sich vorbehaltlos über einen Sieg zu freuen, wie hoch er auch ausfiel.

26

Normalerweise spielte er nicht gern mit Schwarz. Er hatte stets bevorzugt, den ersten Zug zu machen, ein Vorteil, sofern man ihn für sich auszuspielen wusste. Und darin war er ein Meister, vor allem in Simultanbegegnungen. Wenn er da mit Weiß spielte, war ihm der Sieg gewiss, jedenfalls bei schwächeren Gegnern. Doch seit einiger Zeit ertappte er sich immer öfter dabei, wie er sich hinter der Linie der schwarzen Bauern verschanzte und darüber sinnierte, wie viel geheimnisvoller die schwarze Dame von dieser Seite aus betrachtet war. Diese leidgeplagte und erbitterte Armee sagte ihm jetzt mehr zu. Der schwarze König war freilich älter, hatte mehr Falten und mehr Sorgen, und an seinem Hof gab es mehr Intrigen. Niemand konnte wissen, welches Gesicht sich hinter dem schwarzen Visier der Läufer verbarg. Oder die Impulsivität der Springer bändigen, die Mäntel dieser Farbe trugen. Den Türmen wiederum haftete von den vielen Belagerungen der Geruch griechischen Pechs an, und sie erinnerten ihn an impressionistische Gemälde von stillgelegten Fabriken im Nebel. Und schließlich entsprach es nunmehr ganz seiner Befindlichkeit, das Spiel mit einem Gegenschlag zu beginnen und die Verfolgung des Feindes aufzunehmen, statt sich überraschen zu lassen.

Es war Aljechin, der diese Partie führte, auch wenn er Tausende Kilometer von diesem am Rande des Meeres gelegenen Dorf entfernt war.

Aljechin.

Niemand anders als Aljechin.

Der Amerikaner hatte seine beiden Läufer gezogen und sie nebeneinander in der zweiten Reihe platziert. Capablanca wagte eine Bauernfront in der Mitte und machte den Weg für seinen zweiten Springer frei.

27

Mit Corzo war es zu Beginn ungefähr so gewesen wie mit dem Mann, der nicht sprechen konnte. Das gleiche unsagbare Gefühl der Niedergeschlagenheit. Nun, da Golmayo und Vázquez tot waren, war die führende Rolle auf der Insel nur mehr eine Sache zwischen diesem Jungen und dem vornehmen Herrn mit der hohen Stirn, den runden Brillengläsern und dem weißen Schnurrbart. Corzo indessen bewies, dass er niemandes Aufstieg fürchtete. Und er tat es eilig und fast ohne Kampf.

So hatte für José Raúl das neue Jahrhundert begonnen: mit zwei aufeinanderfolgenden Niederlagen.

Seine Anhänger, von denen es bereits viele gab, schenkten ihm eine Reihe von Handbüchern, damit er sich ein wenig mit der Theorie befassen und die Eröffnungsvarianten studieren konnte. Doch er brachte sie in die Buchhandlung zurück und versteifte sich darauf, ausschließlich das Endspiel zu trainieren. Er wusste, warum er verloren hatte, aber nun, da er die trübselige Stimmung kannte, die ihn bisweilen befiel, beunruhigte sie ihn nicht weiter. Es waren nur zwei vorübergehende Begegnungen gewesen. Mochte sich Juan Corzo immer noch als der Stärkere fühlen, zumindest bis zu dem Wettkampf, der wirklich zählte.

Die Gelegenheit gab ihm der Alte im folgenden Jahr. Überzeugt, ihn wieder mühelos zu schlagen, setzte er den Titel des kubanischen Schachmeisters als Preis für denjenigen aus, der als Erster vier Siege errang. In Havanna, versteht sich. José Raúl begann sein Spiel mit Bedacht, verlor jedoch erneut die ersten beiden Partien. Er hatte sich davon ablenken lassen, dass er ihn beobachtete. Corzo war ein Riese, der einem keinen Raum ließ. Mit manischem Ordnungssinn hatte er seinen Panamahut auf den Stuhl gelegt, die Wangen vor Konzentration aufgeblasen. Seine Augen hinter den Brillengläsern wurden zusehends kleiner. Capablanca beobachtete ihn noch eine ganze Weile, während niemand mehr Wetten auf ihn abgab, und diejenigen, die bereits auf ihn gewettet hatten, sich fragten, wie sie nur an einen so unbedarften und wehrlosen Dreizehnjährigen hatten glauben können. Doch er ließ sich nicht beirren: Seine Großmutter hatte ihn gelehrt, dass Riesen immer kurzsichtige Wesen sind. Er musste versuchen, seinen Gegner zu verwirren, und begann damit, indem er die Figuren auf seltsam unsystematische Weise auf dem Brett aufstellte. Die dritte Partie endete in einem Remis. Und in der vierten wandte Corzo eine Königsvariante an, die José Raúl mit einer überraschenden Kombination beantwortete, was ihm den Sieg durch Aufgabe des Gegners eintrug. Endlich hatte er seinen wunden Punkt gefunden. In den restlichen Partien gewährte er ihm lediglich fünf Remis.

Ein neuer Stern am Himmel, schrieben am nächsten Tag die Journalisten. Sein Name war inzwischen auf der ganzen Insel bekannt.

28

Einmal organisierte er zum Geburtstag seines Vaters ein Überraschungsfest. Er versammelte alle Verwandten im Haus seines Onkels Angelito, verteilte Hütchen, Konfetti und bunte Windrädchen. Dann schob er den jüngsten seiner Neffen an die Spitze des improvisierten Zuges und gab ihm ein überlanges Brot in die Hand, mit der Aufschrift *Buena suerte, padre*. Um seinen Vater nicht allzu sehr aufzuregen, klingelte er nicht, als sie vor seinem Haus eintrafen, sondern begann zu singen, und die anderen stimmten ein. Von drinnen hörte man Geräusche: Sie fragten sich wohl, was das für ein Aufruhr vor dem Haus war. Schließlich öffnete seine Mutter mit zerzaustem Haar und ungläubiger Miene.

Capablanca wartete in feierlicher Pose, bis der Vater erschien, und überreichte ihm dann sein Geschenk: das Einladungsschreiben von der Columbia University. Für die Aufnahmeprüfung, die ihm die Zulassung zur Fakultät des Chemie-Ingenieurswesen ermöglichen würde.

Es gab viele Umarmungen und Geschenke an jenem Abend. Sein Onkel hatte eigens einen Tisch gezimmert, indem er vier Holzplatten zusammengefügt und auf zwei

Dreifüße genagelt hatte. Jeder hatte etwas zu essen mitgebracht – eine Pfanne schwarzer Bohnen, eine Kartoffelbananensuppe –, und doch spürte Capablanca inmitten dieser allgemeinen Ausgelassenheit wachsendes Unbehagen. Er war froh, einem so vor Lebensfreude sprühenden Volk anzugehören, dessen Angehörige alle durcheinanderredeten, doch es gelang ihm nicht, sich auf irgendein Gespräch zu konzentrieren.

»Komm her, José Raúl«, rief sein Onkel Juan, »schließlich werde ich dich jetzt eine Zeit lang nicht mehr sehen …!«

»José, setz dich zu uns!«, riefen seine Cousinen vom anderen Ende des Tisches.

»Iss doch noch was, José«, forderte ihn seine Mutter aus einer Ecke des Esszimmers auf. »Wer weiß, was du bei den Amerikanern bekommst.«

Nur der Großvater war schweigsam und verfluchte mit den Augen den Goliath des amerikanischen Kontinents, der ihm seinen Enkel wegnahm.

Nicht das Durcheinander irritierte ihn, sondern die Art und Weise ihrer Gespräche – wie sie sich auf chaotische Weise unbedeutenden und beiläufigen Dingen widmeten: ein unaufhörlicher Lärm, der eine Unterhaltung, an der sich alle beteiligen konnten, letztendlich unmöglich machte. Ein Freund seines Vaters, der jahrelang als Schreiner in Europa gearbeitet hatte, in einer Stadt namens Krakau, hatte ihm erzählt, dass dort bei Tisch jeweils nur einer sprach und man, je nach Zahl der Anwesenden, mindestens vier bis fünf Stunden zusammensaß, weil die Gespräche der Reihe nach verliefen, wie die einzelnen Gänge der Speisen.

Capablanca hatte noch etwas bemerkt: In letzter Zeit dauerten die Familienessen nicht mehr so lange wie in seinen Kindertagen. Sie erschöpften sich auf merkwürdige Weise in einer hektischen Betriebsamkeit, von der sich selbst die Frauen anstecken ließen und die sie dazu trieb, vom Tisch aufzuspringen und für den nächsten Gang Platz zu schaffen.

Gegen Ende des Abendessens wurde ihm schwindelig. Er spürte ein heftiges Seitenstechen und verlor plötzlich inmitten des Stimmengewirrs das Bewusstsein, ohne dass es zunächst jemand bemerkt hätte. Erst als er mit einem dumpfen Schlag auf den Boden fiel, wie damals als kleiner Junge in der Küche, wurden sie aufmerksam. Zu Hause gab man dem frittierten Fleisch und dem Maniokmehl die Schuld. Es war das erste Anzeichen kleinerer Krisen, die ihn von da an immer wieder befielen, sobald er sich an einen Tisch mit zahlreichen Menschen setzte oder sich kurz vor einer Abreise befand.

29

In Rio Preto kam in regelmäßigen Abständen ein Lumpensammler vorbei. Er ging von Haus zu Haus, sammelte alte Lumpen ein und häufte sie auf seinen Karren. Jacken, Tischdecken, Laken. Die Schuhe von Verstorbenen. Abgetragene Röcke. Strähnen seines aschefarbenen Haars fielen ihm in die Stirn und bewegten sich im Wind. Auf der Wange hatte er einen bartlosen Flecken, der aussah wie ein Kreis unfruchtbarer Erde inmitten eines rauen, weißen Stoppelfeldes. Doch sein gutmütiges Lächeln ermunterte die Frauen, in der Tür stehen zu bleiben und ein Schwätzchen zu halten. Xavier nützte die Gelegenheit, um aus dem Lumpenhaufen eine fadenscheinige Hose oder ein Hemd hervorzuziehen. Er war zu der Überzeugung gelangt, dass sein Vater nicht mehr nach Hause kam, weil er beim Kentern des Boots seine Kleider verloren hatte und sich nun schämte, nackt nach Hause zurückzukehren. Deshalb ließ Xavier die Kleidungsstücke vor dem Dorftor für ihn liegen, in der Hoffnung, dass der Vater bis dorthin gelänge, oder er gab sie einem alten Fischer, damit der sie an einer gut sichtbaren Stelle am Strand platzierte, wo sein Vater sie leicht würde finden können.

Seit jenem Morgen am Hafen von Nazaré drehte sich ihm beim Anblick des Meers der Magen um. Tagelang hatte er es vermieden, die Augen auf die leuchtend blaue Linie des Horizonts zu richten, die einen großen Teil seines Dorfs umgab. Rio Preto erstreckte sich auf einem trockenen, von der Sonne versengten Bergrücken, doch jedes Gässchen, jeder Platz stieß irgendwo gegen jenen Meeresstreifen, der überall auf der Lauer zu liegen schien. Xavier hatte sich angewöhnt, auf den Felskamm hinter dem letzten Haus zu klettern und auf einem Plateau Zuflucht zu suchen, das nur von Insekten und Wolken bewohnt war. Dort oben versuchte er sich möglichst viele Einzelheiten über seinen Vater ins Gedächtnis zu rufen, aber wenn er begann, mit seinen kurzen Fingern die Dinge aufzuzählen, die er getan, und Worte, die er gesagt hatte, geriet er bald ins Stocken. Weder gelang es ihm, sich sein Gesicht vorzustellen noch die gegerbte Haut noch seine schweigsame Art. Nur eine Ohrfeige hatte er in lebhafter Erinnerung, die ihm auf der Wange gebrannt hatte, und das Gefühl der Erleichterung, das er zunächst empfunden hatte, als das Boot kopfüber an den Strand gespült worden war: Niemand würde ihn je wieder so ohrfeigen, hatte er insgeheim gedacht. Wohl erinnerte er sich, wie ihn sein Vater einmal »kleiner Capablanca« genannt hatte, weil er ihn auf einer Kirmes davor bewahrt hatte, auf eine falsche Karte zu setzen. Ein Taschenspieler hatte drei Karten gemischt, ein As und zwei Figuren, sie dann auf den Tisch gelegt und die Umstehenden gefragt, wo sich das As befinde. Der Vater deutete auf die linke Karte, woraufhin Xavier seine Hand ein wenig zur Seite schob, sodass sie auf die mittlere wies, denn er hatte das Spiel des Quacksalbers aufmerksam verfolgt und sich gemerkt, wo das As die letzten Male erschienen war.

Diese Erinnerung war ihm sogar kostbarer als die Steine, die er in den Bergen fand und die, wenn man sie zerbrach, im Inneren einen bunten Mineralienschatz offenbarten.

Nun, da er den echten Capablanca vor sich hatte, ließ er sich nicht die geringste Einzelheit an ihm entgehen, selbst die kleinste Bewegung seiner Hände registrierte er. Er betrachtete sie, als wären es die Hände eines Priesters. Sie ähnelten weder denen der Freunde seines Vaters, die von Sonne und Meer zerfurcht waren, noch denen der Trödler und Zauberkünstler, die die Jahrmärkte bevölkerten.

Nein, Xavier würde nicht als Landarbeiter enden oder unter einem umgestürzten Boot und auch nicht als Lumpensammler oder Kartenverkäufer. Xavier wollte glatte, wohlriechende Hände haben wie dieser Fremde vor ihm, auf den er einen Stolz empfand, als wäre er ein Verwandter, der aus Übersee zurückgekommen war, um allen sein Vermögen und sein Glück zu zeigen. Für diesen Mann würde er alles tun, ganz gleich, worum er ihn bitten würde.

Nur, um ihm ein zweites Mal zu ähneln.

30

Im Winter des Jahres, in dem er achtzehn wurde, befiel ihn eine merkwürdige Krankheit. Bei den Zulassungsprüfungen der Columbia University hatte er exzellente Noten erhalten, nachdem er die mathematischen Aufgaben in einem Drittel der geforderten Zeit gelöst hatte. Doch seither war sein Gesicht schmal geworden, sein Körper abgemagert, seine Beine waren dünner geworden, und er stand aufgrund einer unerklärlichen Beklemmung unter großer Anspannung. Nur seine Schultern waren nach wie vor kräftig. Die Ärzte wussten die Ursache seines offensichtlichen Unwohlseins nicht zu benennen. Verschiedene Spezialisten in mehreren öffentlichen Krankenhäusern und Privatpraxen hatten ihn untersucht, ohne dass einer eine überzeugende Diagnose gestellt hätte. Ein Chefarzt, der erklärter Anhänger der revolutionären Doktrinen war, die in letzter Zeit aus Europa herüberschwappten, hatte sich mit ihm in ein Zimmer zurückgezogen und ihm jede Menge Fragen gestellt, die Capablanca ungemein banal und nutzlos erschienen waren. Schließlich hatte er ihm ein Blatt mit einem Diagramm gereicht, dessen Linien schwindelerregend in die Tiefe stürzten, wie eine auf dem Kopf stehende Kinderzeichnung eines Gebirges.

»Sehen Sie? Sie haben ein nachdenkliches und melancholisches Gemüt, das zu Depressionen neigt, die Tage oder gar Monate dauern können. Ihren gegenwärtigen Zustand könnte man als eine Art innere Appetitlosigkeit bezeichnen.«

Capablanca grübelte lange über diese Bezeichnung nach, für die er nicht wenige Dollars hatte hinblättern müssen, Teil einer Summe, die er in einem illegalen Turnier in Brooklyn gewonnen hatte. Er spürte, dass in den Worten etwas Wahres lag, wusste aber nicht, was. Was das Essen anbetraf, so aß er. Mehr noch, er zwang sich, über das übliche Maß hinaus Nahrung zu sich zu nehmen, doch es war, als würde sein Organismus nichts mehr verwerten, als wäre er träge geworden und könnte nichts mehr zurückbehalten.

Die Wahrheit war wie so oft verblüffend einfach. Er hatte kein Interesse mehr an dem Leben, das er führte. Gewiss, er hegte eine Leidenschaft für die Chemie, aber nur insofern er sie auf das Schema einer Partie anwenden konnte. Und selbst die Ingenieurswissenschaft stellte er in den Dienst einer äußerst persönlichen Konstruktionslogik, mit dem Ziel, seine Fähigkeit zu verfeinern, Fehler zu berechnen und zu bestimmen, wo die Stärke einer Struktur liegt oder was sie zum Einsturz bringen könnte – kurz und gut, um seine Widerstandsfähigkeit zu festigen. Jeden Lehrsatz, den er lernte, richtete er einzig und allein auf sein eigentliches, wahres Ziel aus: sein Spiel zu verbessern und zu perfektionieren – unschlagbar zu werden. Diesem

Zweck unterwarf er sogar die Erfahrungen, die er in seinen Beziehungen zu Menschen sammelte. Er hatte begriffen, dass die beste Waffe und die beste Verteidigung eines Schachspielers seine Sensibilität war. Deshalb arbeitete er mit absoluter Hingabe daran. Tag und Nacht befasste er sich mit jeder denkbaren Disziplin, die ihm helfen konnte, ein tieferes Verständnis seiner selbst und seines nächsten Gegners zu entwickeln: Besondere Aufmerksamkeit schenkte er der Musik, der Literatur und Philosophie und darüber hinaus dem Sport. Sofern es sein Terminkalender zuließ, versäumte er kein Konzert. Was die Literatur betraf, so hatte er sich einen Benutzerausweis der New York Public Library besorgt und plünderte regelmäßig ihre Schätze: alle drei Tage einen Roman. Dennoch spürte er, dass all das noch nicht genügte.

Er hatte das Bedürfnis, sich wieder an einen Schachtisch zu setzen, und zwar bei einer offiziellen Begegnung. Außerdem raubte ihm die Atmosphäre in seiner Umgebung die Luft zum Atmen. In den drei vergangenen Jahren hatte er sich an einen einzigen Professor gehalten, den ältesten des Instituts, der Thermodynamik lehrte. Wenn dieser in Pension ging, bliebe ihm dort niemand mehr, den er achtete.

In letzter Zeit überkam ihn jedes Mal, wenn er die Treppe zum Fakultätsgebäude hochging und die Korridore erblickte, eine abgrundtiefe Übelkeit. Diese Flure erinnerten ihn an ein Krankenhaus, obwohl hier weder das Leiden noch die Ausdünstungen der Kranken zu spüren waren. Die Universität vermochte ihm nichts mehr beizubringen. Auch wenn ihm nur noch wenige Prüfungen bis zum Diplom fehlten, verließ er sie schließlich ohne ein Gefühl des Bedauerns.

In jenem Jahr gewann er, nachdem er das erste Spiel verloren hatte, acht Partien in Folge gegen den derzeit populärsten amerikanischen Schachmeister. Sein Großvater wäre stolz auf ihn gewesen.

31

Wenn er in New York Schach spielen wollte, war er hier genau richtig. Er las nochmals die Adresse. Carnegie Hall Building. Zwischen Broadway und Central Park. Draußen war ein Schild angebracht. Er wusste, dass der Irrsinn woanders angefangen hatte, nämlich im Hinterzimmer eines Cafés in Lower Manhattan. Dreißig Jahre zuvor. Jemand hatte vorgeschlagen, ihn Morphy Club oder Metropolitan zu nennen. Doch dann wurde der Manhattan Chess Club daraus. So stand es auch auf dem Schild. Eilig schritt er die Stufen hinauf. Eine Frau in einem eng anliegenden Rüschenkleidchen öffnete ihm. Sie musterte ihn ziemlich neugierig, ehe sie ihm bedeutete, Platz zu nehmen. Capablanca trat ein paar Schritte in den Raum hinein und blickte sich um. Wann immer ihn viele Jahre später jemand fragte, was er damals empfunden habe, beteuerte er, es nicht genau in Worte fassen zu können, doch sei es eine Art spontanes Heimatgefühl gewesen. Falls er eine Vorstellung vom Paradies hatte, so unterschied sie sich nicht von dem, was er sah: ein Ort, an dem er bis in alle Ewigkeit hätte Schach spielen können. Wann immer er wieder hierherkäme, würde es sein, als kehrte er nach Hause zurück. Alles erschien ihm vertraut. Das Licht auf den Spieltischen, das Surren der Uhren, die dunkle, glänzende Holzverkleidung der Wände und schließlich jene Atmosphäre, die eine Mischung aus verhaltener Konzentration und Heimlichkeit ausstrahlte. Dort drinnen, im Rauch des Manhattan Chess Club, konnte man geboren werden und konnte man sterben. Für den Rest seines Lebens hätte er so verharren und jedes Detail in sich aufnehmen können, ohne dessen je überdrüssig zu werden, wäre nicht ein Herr in einer Weste und mit einem verwunderten Lächeln auf den Lippen auf ihn zugekommen.

»Sind Sie der Enkel eines Mitglieds, oder haben Sie sich vielleicht im Club geirrt?«, fragte ihn der Herr mit mehr Höflichkeit in der Stimme als in den Worten.

»Weder noch«, sagte Capablanca nach kurzem Zögern.

»Sie sind also Schachspieler?«

Die Frage klang spöttisch.

»Aber ja, sicher, das bin ich.«

Capablanca trug seinen besten Anzug, und doch musterten ihn fast alle im Saal wie einen Studenten, der noch grün hinter den Ohren war und nicht hierhergehörte.

»Hat Ihnen jemand unseren Club empfohlen, oder sind Sie zufällig hier vorbeigekommen?«

»Bekannte haben mich darauf aufmerksam gemacht. Außerdem weiß ich, dass Sie bereits viermal umgezogen sind und dass hier ein Weltmeisterschaftskampf ausgetragen wurde.«

»Kompliment, junger Mann, Sie sind offensichtlich bestens informiert.«

»Ich weiß schon lange, welches Ansehen Ihr Club genießt, und habe davon geträumt, hierherzukommen.«

»›Schon lange‹ … Sie sind noch so jung. Seit wann hegen Sie denn diese Leidenschaft?«

»Schon immer, mein Herr.«

Der Mann lachte.

»Ich bin gekommen, um Mitglied zu werden und meinen Beitrag zu entrichten.«

»Wie ungestüm Sie sind, junger Mann.«

»Ich habe genügend Dollars dabei, um …«

»Es ist keine Frage des Geldes.«

»Was benötigen Sie denn sonst?«

»Zuerst geht es darum, in gewisser Weise Ihre Fähigkeiten unter Beweis zu stellen.«

»Dann stellen Sie mich auf die Probe.«

»Nein, man kann nicht einfach hier hereinspazieren und Mitglied werden. Sie sind wirklich noch zu jung.«

»Vielleicht darf ich mich Ihnen erst vorstellen?«

»Es wäre mir ein Vergnügen, zu erfahren, wie Sie heißen, aber ich glaube dennoch nicht, Ihnen in irgendeiner Weise helfen zu können.«

»Ich heiße José Raúl Capablanca.«

»Wie sagten Sie?«

»Capablanca, José Raúl.«

»Capablanca? Der kubanische Meister?«

»Ja, der bin ich.«

Der Mann musterte ihn von Kopf bis Fuß.

»Das ändert freilich alles: Herzlich willkommen, Mr Capablanca. Wir haben Ihren Wettkampf gegen Corzo unzählige Male studiert«, sagte er. »Verzeihen Sie bitte, wenn ich Ihnen zunächst den Zutritt verwehrt habe, aber Ihr Alter täuscht. Selbstverständlich steht Ihrer Mitgliedschaft nichts im Wege. Im Gegenteil, es wird uns eine Ehre sein, Sie in unseren Reihen zu haben. Kommen Sie, ich zeige Ihnen den Saal.«

Und er drückte ihm herzlich die Hand.

Achtunddreißig Jahre später sollte an diesem Ort, 100 Central Park South, an einem der kleinen Tische, über dessen glatte Oberfläche der junge Capablanca in diesem Moment mit dem Finger strich, ein inzwischen zerbrechlicher, aber keineswegs geschlagener Mann aufgrund eines plötzlich erhöhten Blutdrucks zusammenbrechen. Seine rasche Einlieferung ins nächste Krankenhaus war vergeblich.

32

Zeit und Position. Für ihn waren das die Grundelemente – das Feuer und das Wasser, die Erde und die Luft – des Schachs. So wenig Zeit wie möglich verwenden, um die Figurenkonstellation zu entwickeln und eine vorteilhafte Stellung zu gewinnen. Von der Fähigkeit, diese beiden Gottheiten zu vereinen, hängt die Kohärenz und der Ausgang eines Spiels ab. Seine Harmonie.

Das sagte er sich auch jetzt wieder, da der Amerikaner am Zug war.

Er war so überzeugt davon, dass er niemals andere Worte als diese verwendete, wenn ihn jemand nach dem Geheimnis seines Genies fragte. Zeit und Position. Nichts anderes. Sie waren Teil seiner Wesensart. Sie waren wie ein Instinkt, die zwei ersten Kapitel eines Guerillahandbuchs. Vielleicht hatte er tatsächlich Sklavenblut in seinen Adern und daher eine angeborene Erinnerung an die Gefahren, die es mit sich brachte, wenn man zu lange am selben Ort ausharren musste, während man mit einem Auge versuchte, im Voraus zu erahnen, was als Nächstes geschehen würde, und die Fallen auszumachen. Er war ein Leguan, ein Kolibri. Von Anfang an kämpfte er darum, die

Initiative zu ergreifen, weil er wusste, dass er sie nicht mehr abgeben würde und sie einem auch nicht freiwillig gewährt wurde. Beim Blitzschach war keiner so schnell wie er. Mochte Aljechin ihm auch vorwerfen, er tarne mit seinen aufreibenden Blockaden eine defensive Haltung, statt Angriffslust zu demonstrieren, zeigte er doch allen, dass er in der Lage war, seinen König mit dem geringsten Aufwand an Figuren zu schützen, und mit Leichtigkeit seine Manöver auszuführen, die deshalb nicht weniger schlagkräftig und erbittert waren.

Als er zum ersten Mal in Europa an Land ging – das kubanische Außenministerium hatte ihn als Botschafter der aufsehenerregenden Intelligenz der Tropenbewohner hierhergeschickt –, kursierten bald diverse Gerüchte über ihn. Binnen weniger Monate besuchte er die bedeutendsten Städte des Kontinents: London, Paris, Berlin, Warschau, Riga, Leningrad, Moskau, Kiew, Wien. In den Simultanwettkämpfen sicherte er sich eine nahezu unangetastete Vormachtstellung. Einige europäische Journalisten bemühten sich, den verstaubten Mythos vom edlen Wilden wiederzubeleben, obwohl er einer Einwandererfamilie entstammte.

Mochten seine Züge auch noch so ebenmäßig, seine Aussprache noch so makellos und seine Umgangsformen ohne Tadel sein, so ging von Capablanca doch eine exotische Faszination aus. Er war ein Wesen von einem anderen Stern, das es unversehens nach Österreich und Russland verschlagen hatte. Ein unbekanntes oder geheimnisvolles Tier, auch wenn er im Grunde nicht anders als ein Europäer aussah. Die Frauen erzählten hinter vorgehaltener

Hand, er trage in seinem Hotelzimmer weite Leinenhemden über der Hose und spreche des Nachts mit den Schatten der Bäume. Doch das seien nur Marotten; ansonsten besitze er ein unglaubliches Feingefühl, sei ein ausgesprochen guter Zuhörer und verstehe sie wie kein anderer Mann in diesem Teil der Welt. Die Männer empfanden vom ersten Augenblick an Neid ihm gegenüber, so wie einst Higinio Máximo und die anderen Sklaven der Plantage des Barons Roja auf Felix eifersüchtig gewesen waren. Wegen seiner Schönheit, seiner Haltung, der Schärfe seines Blicks und seiner Selbstbeherrschung. Bald verkörperte Capablanca für alle den Fremden, die vertanen Chancen der eigenen Jugend, die Möglichkeit, anders und besser zu sein, als man war.

33

Wenn er darüber nachdachte, nun, da sie dieselben Laken zerwühlt und dieselbe Frau mit ihrem Schweiß getränkt hatten, ihren Atem in dieselben Ohren, auf dieselbe Haut geatmet hatten, wallte sein Blut erneut vor Wut auf. Er hätte es gleich durchschauen müssen. Aljechin war dem Schach mit einer solchen Absolutheit verfallen, dass womöglich die ganze Geschichte mit Madame Zlata nur ein Vorwand gewesen war, um ihn abzulenken. Der Sadist hatte intuitiv seine Schwachstelle erraten und sie sich zunutze gemacht, um ihn zu schwächen. Er war ein Spieler ohne Skrupel, selbstherrlich und infantil zugleich. Er hätte sogar eine Prostituierte aus eigener Tasche bezahlt, um sein Ziel zu erreichen. Jetzt fiel ihm auch wieder ein, dass sich Aljechin nie vom Tisch entfernt hatte, als er Capablanca in die Lokale in der Nähe der Newa führte. Er hatte ihn ermuntert, zu tanzen und zu trinken, und war selbst nachdenklich und still an seinem Platz sitzen geblieben. Nein, er war nie sein Freund gewesen. Aljechin schaffte es nicht einmal, einem anderen Mann die Hand zu geben, ohne einen Anflug von Misstrauen oder Widerspenstigkeit erkennen zu lassen. Nie hatte Capablanca gesehen, wie er jemanden umarmte, und jede seiner Bewegungen wirkte angestrengt. Seine Hand blieb nur ruhig, wenn er vor einem Schachspiel saß. Bestimmt hatte er schon damals gewusst, als sie Petersburg und das Zimmer ihrer gemeinsamen Geliebten verlassen hatten, dass der Tag nicht mehr fern sein würde, da ihnen niemand mehr den Rang streitig machen würde. Capablanca und Aljechin. Nur noch sie beide. Auf der Bühne der Welt. Am Tag, an dem sie um den Titel kämpfen würden, würde sich das Holz der Figuren in Stein verwandeln, und es würde entsetzlich schwer sein, sie zu heben. Die Wettkampfuhren würden keine Ziffern mehr haben. Und die Intelligenz würde sich in Niedertracht, der Stolz in Hochmut verwandeln. In Wut. In Gift.

Es war nur eine Frage der Zeit.

Nach der Ermordung des Erzherzogs in Sarajewo breitete sich in Europa eine schwarze Pest marschierender Armeen, von Rauchsäulen und in Fels gehauener Schützengräben aus. Ein unaufhörlicher Austausch von Figuren, ohne dass jemand eine vorteilhafte Stellung errang.

Im Manhattan Chess Club verstellten die aufgeschlagenen Zeitungen die Sicht auf die Schachspiele. Doch die interessantesten Nachrichten brachten die Fremden mit, die auf der Durchreise waren. Schachmeister auf der Flucht, Emigranten.

Eines Nachmittags betrat eine Gruppe russischer Exilanten den Club. Capablanca unterhielt sich mit ihnen und erkundigte sich nach Aljechin.

»Seine Spuren haben sich verloren«, sagte einer der Männer mit einer Narbe in seinem breiten Gesicht und einem starken Moskauer Akzent.

»Einige sagen, er sei nach Österreich geflohen, andere wollen ihn an der Ostfront in Galizien gesehen haben«, sagte ein Zweiter.

»Als der Krieg ausbrach, war er bei einem Turnier in Mannheim. Am selben Abend wurde er interniert«, meinte ein Dritter.

»Kriegsgefangener«, fügte ein weiterer hinzu.

»Aber keine Sorge: Er wird freiwillig ins Gefängnis gegangen sein, um nicht einberufen zu werden.«

»Doch da hat er sich verrechnet. Kurz darauf haben sie ihn trotzdem nach Russland zurückgeschickt.«

»Er wird sich wohl ausmustern haben lassen, ein Held war der noch nie.«

»Ich habe gehört, dass er sich beim Roten Kreuz gemeldet hat.«

»Bestimmt wird er mit einem Orden zurückkehren. Vielleicht dem Sankt-Stanislaus- oder dem Sankt-Georgs-Orden.«

Alle lachten.

»Inzwischen wird er wohl einer der Unzähligen sein, die der Krieg in alle Winde zerstreut hat. Sie werden ihn in ein Massengrab geworfen haben wie all die anderen«, sagte schließlich derjenige, der als Erster das Wort ergriffen hatte, und beendete damit die Diskussion.

Capablanca hatte einen Schmerz in den Händen gespürt. Einen Krampf. Der gleiche Wutkrampf überkam ihn auch jetzt wieder. Einer Partie wegen, die er noch nicht gespielt hatte und womöglich nie spielen würde. War es das, was ein Kranker ohne Hoffnung fühlte? Eine Sehnsucht nach einer Zeit, die sich niemals erfüllen würde? In der Gewissheit, dass es nie mehr Schweiß und Fleisch und Tränen geben würde, nie mehr ein Damengambit, keinen Angriff und keine Abwehr mehr, keine Niederlage und keine Erlösung? Konnte man Sehnsucht nach der Zukunft haben? Nach einer Zukunft, die einem niemals gewährt werden würde? Wenn sie ihn doch tatsächlich auf einem Friedhof in Galizien beerdigt hätten, dann wäre ihm wenigstens die Erinnerung an seine kräftige Stimme, sein Lachen geblieben …

Doch Aljechin war ein Dämon, eine Katze, ein Adler.

Aljechin würde sterben und wiederauferstehen, ein, zwei, drei Mal, wer weiß, wie viele Male.

Später kamen weitere russische Exilanten in den Club und erzählten, er sei bei der Kerenski-Offensive verwundet worden, jemand mit seinem Namen habe im Lazarett von Ternopil eine Partie gespielt, die von einem Offizier Zug um Zug in einem Notizbuch festgehalten worden sei. Wieder andere beteuerten, man habe ihn der Spionage beschuldigt und erneut in Odessa inhaftiert, wo ihn eine Scharlachepidemie hinweggerafft habe. In einer Zeitung erschien sogar eine Todesanzeige. Doch das Gerücht wurde bald durch ein neues ersetzt: Man wollte ihn bei der Besetzung des Winterpalasts gesehen haben, jemand anders versicherte, er sei von den Bolschewisten erschossen worden, nachdem man ihn seines gesamten Familienerbes beraubt hatte, eine andere Stimme behauptete, dass Trotzki persönlich ihn im letzten Moment gerettet habe, in der Nacht vor der geplanten Exekution, nur um ein weiteres Mal eine Partie mit ihm spielen zu können, in dessen Zelle.

Lange versteifte sich Capablanca darauf, dass all diese Gerüchte um Aljechins Tod stimmten. Denn der Mann, der nach 1919 an die Spieltische von Moskau und später an die von Nischni Nowgorod und Kiew zurückkehrte, war nicht mehr derselbe junge Mann in Uniform, den er in Petersburg kennengelernt hatte.

Zwar war er noch immer auf mysteriöse Weise draufgängerisch und unduldsam, doch hatte er etwas Undurchsichtiges, als verfolgte er einen geheimen Plan. Abgesehen von Russisch sprach er fließend Französisch, Deutsch und Englisch. Eine gewisse Zeit lang war er als Untersuchungsrichter tätig gewesen, hatte sich dann aber ganz dem Schach gewidmet. Er hatte eine Stelle im Außenministerium gefunden, die er dazu genutzt hatte, ein Visum für Berlin zu erhalten, und war von dort aus nach Paris emigriert. Er hatte eine Baronesse geheiratet, später eine Schriftstellerin. Jetzt trug auch er Zivilkleidung. Achtete auf eine gepflegte Erscheinung. Pomadisiertes Haar und der gewohnte Schnurrbart, kaum mehr als ein Strich. Doch sein Gesicht war voller geworden, seine Haut strahlender, und seine Augen waren kleiner, fast unsymmetrisch. Sein Blick war daher ein wenig schief, als schielte er, und hatte nichts Spöttisches oder Komplizenhaftes mehr wie früher.

Nein, Aljechin hatte nicht wegen der Affäre mit Madame Zlata begonnen, ihn zu hassen. Der Grund reichte viel tiefer. Es war ein Hass, der ihm vorauseilte.

Als Capablanca ihm in London wieder begegnete, tauschten sie nur wenige Worte aus.

34

Was bedeutet es schon, dass dein Dolch meinen Rücken durchbohrt? Um sich vom hämmernden Ticken der Wettkampfuhr abzulenken, zitierte Capablanca lautlos Verse des Dichters José Martí. Jeder Vers hat seinen eigenen Geschmack, sinnierte er, während er das Schachspiel betrachtete. Doch mir sind nur die Verse geblieben, die einen bitteren Geschmack auf der Zunge hinterlassen. Und in den Augen brennen. Dennoch sagte er sie immer wieder auf. Mechanisch. Wie ein Gebet. Ein Wiegenlied. *Ich züchte eine weiße Rose, im Juli wie im Januar.* Wie oft hatte er nicht dieses Gedicht gelesen. *Ich züchte eine weiße Rose.* Aber nicht mehr *für den Grausamen, der mir das Herz zerreißt*, wie man ihn gelehrt hatte. Für ihn nur Disteln und Brennnesseln.

Nur Disteln und Brennnesseln für dich, Alexander.

Aber vielleicht war es gar nicht der Russe, der den falschen Platz besetzte. Wäre Capablanca nicht auf die Welt gekommen, hätte Aljechin keinen Rivalen gehabt. Vielleicht war er selbst derjenige, der zu viel Raum einnahm. Er, mit seinen makellos manikürten Händen und dem Brillantineglanz im Haar. Er mit seinem geradlinigen, genauen Spiel. In dem jede Figur einer Ordnung angehörte, eine Begründung hatte. Dem das Prinzip der Harmonie zugrunde lag. Gab es etwas Hassenswerteres, etwas Kraftloseres? Das genaue Gegenteil von Aljechins Spiel mit seiner ungeordneten und unbezähmbaren Kraft, dem Ansturm auf die Seite des gegnerischen Königs, den Überraschungsangriffen … mit Manövern, die so getreu der unlogischen Gewalt des Lebens entsprachen.

Jahrelang hatte er versucht, sich den Russen vorzustellen, als er an der Front war: Mit den Stiefeln im Schlamm, wie er bei Nacht einem in regelmäßigen Abständen auftauchenden Lichtkegel folgte, den ein Scheinwerfer in den Nebel schnitt. Hatte versucht, sich dessen Halluzinationen auszumalen. Die unsägliche Stille der Frau, die ihm das Spiel beigebracht hatte, der Frau, die seine Mutter war. Agnesa hieß sie. Das hatte er ihm in Petersburg erzählt. Als Agnesa ihm ein Schachspiel geschenkt und ihm die Regeln erklärt hatte, sei es gewesen, als wäre er zum zweiten Mal geboren worden. Eine schmerzfreie Geburt. Aljechin hatte sich das Datum notiert: Es war das Jahr 1900, er war sieben Jahre alt.

Immer wieder fielen Capablanca Gesprächsfetzen dieser Art ein, denen er damals nicht ausreichend Bedeutung beigemessen hatte. Jetzt versuchte er, sie im Geiste wieder zusammenzufügen, wie ein Sprengmeister, der die Bruchstücke einer Granate auf dem Tisch ausbreitet, um das Teil zu finden, das die tödliche Verwundung verursacht hat, dem sich aber jedes Mal eine neue Ordnung darstellt. Er bewegte sich in einem Labyrinth abhanden gekommener Worte, Legenden und Irrlichter. Er erinnerte sich nicht mehr, ob es Aljechin gewesen war, der ihm erzählte hatte, dass seine Mutter zu trinken angefangen und der Vater ein Vermögen in den Spielcasinos an der Côte d'Azur gewonnen habe und sie ihn in ein Internat gesteckt hatten … Vielleicht hatte Capablanca das auch einfach nur erfunden, und doch gelang es ihm nicht, sich das Bild eines mageren Jungen aus dem Kopf zu schlagen, zunächst in einem Internat und dann auf der Militärakademie, wo er seine Zeit mit Schach verbrachte, bis ihm die Schuldiener das Spiel wegnahmen, weil er in allen Fächern schlecht war, einschließlich Mathematik, und keine der Fragen der Lehrer beantwortete; eine Maßnahme, die sich als vergeblich erwies, weil Aljechin rasch lernte, blind Schach zu spielen, mit geschlossenen Augen. Eine Fähigkeit, die ihm auch später in den Lazaretten des Roten Kreuzes, im Sanatorium von Ternopil oder im Gefängnis von Odessa zugute gekommen sein musste, während sich der Schatten seiner Mutter immer mehr verlor zwischen den zerfetzten Mauern der Gebäude, in den Löchern des Geländes, zwischen den Leichen im Kies der ausgetrockneten Flussbette. Und mit ihr schwand jede weibliche Hoffnung aus der Welt, und es blieben nur noch die Feuerlinie und das Exekutionskommando und das Seil, das am Galgen baumelte. Und die Wahl, auf welcher Seite man sein wollte – auf der Seite derer, die die Befehle erteilten, oder derer, die sie ausführten. Die Verletzlichkeit, die Aljechin erfahren hatte, war noch tragischer als seine eigene, dachte Capablanca in den Momenten düsterster Verzweiflung, denn sie betraf die ganze Menschheit.

Ein paar Jahre später, in Berlin, blätterte er durch Zufall in einem Fotoband eines deutschen Anarchisten. Er hieß *Krieg dem Kriege.* Ein einziger Katalog misshandelter Körper und Verstümmelungen – ein Foto etwa zeigte das Gesicht eines Mannes, dem der Mund abhanden gekommen war. Ein Katalog sich einschiffender Könige und des stumpfsinnigen Lächelns derer, die aufbrechen, ohne zu wissen, wohin, während der Hohenzollernkaiser Orden an diejenigen verteilt, die die meisten Soldaten erschossen haben; ein Katalog der Aufräumarbeiten nach den Sperrfeuern, der göttlichen Ruhe in den Schützengräben, der erhängten Frauen, der Felder der Ehre … Auch wenn jener Krieg nicht der seine war, fühlte sich Capablanca dennoch wie ein Ausgemusterter, ein Deserteur, während er durch die Seiten mit den Fotos blätterte. Er kaufte das Buch für wenig Geld. Er wollte mit eigenen Augen sehen, was Aljechin gesehen hatte. Die Menschlichkeit verlieren, die er verloren hatte. Es war die einzige Möglichkeit, sich ihm zu stellen. Für immer und ewig jegliches Mitgefühl aus seinem Spiel tilgen, spüren, wie seinem Gesicht allmählich der Mund abhanden kam.

35

Seine eigene Mutter hatte das Schachspiel vor ihm versteckt. Sobald sie allein war, verstaute sie es schnell in einer Schachtel ganz hinten im Schrank oder in einer Schublade der Kommode unter Bettwäsche und Mottenkugeln. Es gelang ihm jedoch stets, es zu finden, so als flüsterte das Schachspiel selbst ihm zu, wo er suchen musste. Wenn er es sich wiedernahm, achtete er stets darauf, dass seine zarten Hände nie auch nur einen Kissenbezug durcheinanderbrachten oder ein Schloss offen ließen. Er hinterließ nicht die geringste Spur. Eines Morgens warf seine Mutter vor Wut einen Springer weg, denn sie dachte, dass ein Pferd die Figur sein müsste, an der ein Kind am meisten hängt, doch am Nachmittag sah sie, wie er die Schachfiguren aufstellte und eine Partie zu spielen begann. Zwischen den weißen Figuren klaffte eine Lücke, wie die Zahnlücke eines Gebisses. José Raúl indessen ließ nicht im Geringsten erkennen, dass ihn das Fehlen des Springers ärgerte. Eine Woche lang fuhr sie fort, jeden Tag eine Figur wegzuwerfen, sodass die Lücken immer zahlreicher wurden. Nach sechzehn Tagen war auf dem Feld nur noch die Hälfte der beiden Armeen übrig, und binnen eines Monats gab es nur noch einen einsamen Bauern, der bald wie die anderen Soldaten im Abfalleimer landete. Doch es nützte nichts. Jeden Tag zur selben Uhrzeit fuhr José Raúl fort, Schach zu spielen, indem er imaginäre Figuren auf dem verwaisten Brett bewegte.

Dieses stille Kräftemessen zwischen ihr und ihrem Sohn hatte es schon immer gegeben. Der kleine Kerl erinnerte sie an ihren Bruder, der im Alter ein Misanthrop geworden war und behauptete, Visionen zu haben. Nachmittags machte er die Glastür der Küche hinter sich zu und setzte sich auf einen Stuhl in der Mitte. Abends erzählte er, er habe Besuch gehabt. Die Eltern, Verwandte, ein Freund. Alle seit vielen Jahren tot. Jedem von ihnen bot er etwas zu trinken an, und an manchen Tagen waren die Besucher so zahlreich, dass zwei Flaschen Wein nicht genügten.

Wenn sie José Raúl am Nachmittag konzentriert vor dem Schachspiel sitzen sah, schien es ihr, als würde auch er die Tür hinter sich schließen, um sich an einen Ort zurückzuziehen, der nur von Geistern und Gespenstern bevölkert war.

»Was für eine Zeitvergeudung«, sagte sie zu ihm.

Doch José Raúl nahm sie nicht einmal wahr. Oder tat zumindest so.

Seine Mutter war die Letzte, die sich mit seiner Begabung abfand.

»Es gibt viele unnütze Arten, sein Leben zu vertun«, sagte sie, als er schon kubanischer Meister war.

»Ich habe mich eben für diese Art entschieden, Mama.«

»Sie wird dich nicht glücklich machen.«

»Das macht nichts.«

»Du hast es doch nur aus Trotz mir gegenüber getan, José Raúl.«

»Nimm es mir nicht übel.«

»Du wirst in der Welt herumreisen, und ich werde dich nicht aufhalten können.«

»Ich werde immer wieder nach Kuba zurückkehren.«

»Eines Tages werde ich nicht mehr da sein, wenn du wiederkommst.«

»Jetzt bist du diejenige, die trotzig ist.«

»Du bist ohne jede Bindung geboren worden, José.«

»Das würde ich gern glauben.«

»Bevor du deinen Vater besiegt hast, hast du mich besiegt.«

»Aber du konntest doch noch nie Schach spielen.«

»Du weißt genau, was ich meine.«

»Du bist klüger als ein Großmeister, Mama.«

»Nicht einmal meine Milch wolltest du.«

»Jetzt fang nicht wieder mit dieser Geschichte an.«

»An die Brust einer Mulattin hast du dich geheftet.«

»Du weißt ja, wie neugierig ich bin.«

»Keine Frau wird es an deiner Seite aushalten.«

»Ich habe nun mal einen schlechten Charakter, Mama.«

»Ja, und den hast du wahrscheinlich von mir.«

36

Es gab eine Zeit, da machte es ihm Spaß, im versengenden Licht seiner Insel Kinder zu unterrichten, die zu ihm kamen und ihn um Rat und Lektionen baten. Er glaubte, es sei wichtig für sie zu wissen, dass man dieses Spiel vom Ende her begreifen, es auf den Kopf stellen musste. Ansonsten war es zwecklos. Es war wie ein Buch, das man von hinten liest.

Nur ein Mädchen von zwölf Jahren mit pechschwarzen Augen ließ erkennen, dass sie verstanden hatte. María Teresa. Man hatte sie zu ihm geschickt, weil sie Talent hatte und man wusste, dass das Leben nicht lange zögern würde, es zu vertreiben. Er traf sie zwölf Mal im Salon seines alten Hauses mit der Blumentapete. So viele Male, wie sie Jahre zählte. Zwölf Mal, um ihr gut ins Gedächtnis zu brennen, was man tun musste, wenn einem abgesehen vom König nur noch ein Turm und ein Läufer gegenüber dem gegnerischen König geblieben waren. Oder gar nur ein Bauer. Ein Vorteil, der genügte. Wenn man die richtigen Züge kannte, war die Partie gewonnen.

In jener Zeit, er musste um die dreißig gewesen sein, war Capablanca nach Kuba zurückgekehrt, weil er wieder begonnen hatte Gewicht zu verlieren und unter unerklärlichen Schwindelanfällen litt. Sie überkamen ihn vor allem an öffentlichen Orten: in Restaurants, in Buchhandlungen. Also hatte er beschlossen, sich die allgegenwärtige Lähmung durch den Krieg zu Nutze zu machen und sich eine Auszeit zu gönnen. Er dachte, er würde nur wenige Monate brauchen, um sich zu erholen, aber dann dauerte es ein ganzes Jahr.

Im elterlichen Haus hatte er, trotz seiner berüchtigten Faulheit, seine neue Rolle als Lehrer recht ernst genommen. Er vereinbarte Termine, fertigte Notationen von Partien an, brachte seine Gedanken zu Papier, so wie damals als Kind, als er algebraische Gleichungen aus acht Buchstaben und acht Ziffern in seine Hefte schrieb. Diese Beschäftigung trug dazu bei, dass er allmählich wieder gesund wurde.

Er wusste, dass seine Entwicklungskurve bereits den Zenith erreicht hatte, auch wenn er die bedeutendsten Wettkämpfe erst noch gewinnen musste. Irgendwo hatte er von einem jungen italoamerikanischen Regisseur gelesen, der, wann immer er auf seine Unerfahrenheit angesprochen wurde, erwiderte, dass jeder Künstler seinen kreativen Höhepunkt mit sechsundzwanzig Jahren erreiche und danach nur noch von der Rendite lebe. Dieser *dago*, wie die amerikanischen Lästerer den Regisseur nannten, hatte noch sechs Jahre Zeit, aber es sollte nicht lange dauern, bis er seine Bedeutung unter Beweis stellte. Capablanca hingegen hatte die sechsundzwanzig bereits überschritten und war überzeugt, dass der junge Mann recht gehabt hatte. Er ertappte sich oft dabei, wie er das auch anderen gegenüber wiederholte.

María Teresa verlor kein Wort über die Gespräche, die sie führten. Aber an manchen Nachmittagen bemerkte er, wie ihr Blick nervös wurde.

»Ich weiß, und du weißt es auch, dass es ein unbarmherziges Spiel ist. Willst du wirklich weitermachen?«

»Ich kann nicht anders.«

»Doch, vielleicht kannst du. Lass es einfach. Du bist ein kluges Mädchen und wirst einmal eine schöne Frau sein. Widme dich doch etwas anderem. Das hat meine Mutter auch immer zu mir gesagt, aber ich wollte nicht auf sie hören.«

»Selbst wenn ich nicht mehr spiele, an den Regeln ändert das nichts.«

»Du könntest dich mit dem, was du bereits weißt, zufrieden geben.«

»Das reicht mir aber nicht. Ich will auch klarkommen, wenn es an die letzten Züge geht.«

»Ich werde dich lehren, eine Schachmaschine zu werden, wie ich es bin. Weißt du, warum?«

»Damit ich mich verteidigen kann, nicht wahr?«

»Damit du dich verteidigen kannst, genau.«

Doch dieser Geschichte mit dem Endspiel wohnte eine Traurigkeit inne, und jenes Mädchen hatte sie zutiefst verstanden. Die unweigerliche Traurigkeit, die in allen Dingen lag, die man nicht ändern konnte. Das galt es zu begreifen. Die traurige Erkenntnis, dass man blind und rücksichtslos seinen Weg gehen musste und es keine Erlösung gab von diesem dunklen, zielgerichteten Willen.

37

An dem Abend, an dem Emanuel Lasker gestorben war, zwei Monate bevor sie nach Rio Preto aufbrachen, hatte Olga vergeblich im Bett auf ihn gewartet. Capablanca war bis spät in die Nacht im Dunkeln in seinem Sessel sitzen geblieben. Er hatte es in der Zeitung gelesen. Eine kleine Notiz, nicht mehr als eine Spalte, inmitten all der Berichte über den neuen Krieg, der gerade begonnen hatte: wieder ein deutsch-russischer Pakt und die üblichen Depeschen von der griechisch-albanischen Front und von derjenigen Nordafrikas. Capablanca hatte die Seite herausgerissen. Er hielt sie fest in der geballten Faust. Zu viele Erinnerungen stürmten auf ihn ein, die er ordnen musste. Zu viele Städte, deren Namen er in der Stille aussprechen musste. Bei ihrer letzten Begegnung fünf Jahre zuvor in Nottingham hatten sie sich unentschieden wieder getrennt. Doch selbst wenn er verloren hätte, wie im vorausgegangenen Jahr in Moskau, hätte es ihn nicht mehr verdrossen. Er spürte ihm gegenüber fast so etwas wie ein spätes Bedauern, weil er ihm einst den Weltmeistertitel abgerungen hatte.

Beim Gedanken an diesen Tod ergriff ihn erneut die Wut auf Aljechin. Dessen Freunde mit ihren lächerlichen

Hakenkreuzen am Ärmel waren es gewesen, die Lasker bis auf die letzten Ersparnisse enteignet hatten, darunter auch die Wohnung, in der er mit seiner Frau gelebt, und das Landhaus, in dem er seine philosophischen und mathematischen Schriften verfasst hatte. So war dem Sohn des Kantors der Synagoge von Berlinchen nichts anderes übrig geblieben, als an die internationalen Wettkampftische zurückzukehren, nicht nur um sich die finanziellen Mittel zu beschaffen, sondern auch weil er einen Vorwand für seine Ausreise nach New York brauchte, wohin er ins Exil ging.

Nach Laskers Ankunft in den Staaten hatte er ihn in dem kleinen Haus besucht, in dem er Gast war, um ihn seiner Solidarität zu versichern – was wenig genug war – und ihn einzuladen, hin und wieder den Manhattan Chess Club zu besuchen, zumindest sonntags. Doch dort hatte er ihn fast nie gesehen. Ein Altersunterschied von zwanzig Jahren lag zwischen ihnen, und ihr Verhältnis glich dem von Vater und Sohn: in jüngeren Jahren konfliktbeladen, später dann immer herzlicher und geprägt von gegenseitigem Respekt. Nur zwei Mal hatte Lasker ihn geschlagen. Beide Male war es eine Lektion für ihn gewesen.

Am liebsten erinnerte sich Capablanca an die Widerborstigkeit des Älteren, seinen Wunsch nach Distanz, seinem ausgeprägten Kampfgeist zum Trotz. Schon viele Jahre zuvor hatte Lasker, quasi um sich vor der aggressiven Verbissenheit zu schützen, die das Metier eines Schachmeisters mit sich brachte, ein weniger blutrünstiges Spiel erfunden, ähnlich dem Damespiel, das man auf einem Schachbrett mit sieben mal sieben Feldern spielte. Mit dem Unterschied, dass man sich die Figuren nicht gegenseitig raubte, sondern nur gefangen nahm, um dann zu versuchen, seine eigenen wieder zu befreien.

Das betonte er nicht ohne Stolz eines Abends, zu einer Zeit, als Berlin noch eine freie Stadt war und er im Salon der Familie Einstein verkehrte und sein Freund Albert ihm gestand, kein Liebhaber des Schachs zu sein, weil die Gewalt und der ausgeprägte Wettkampfgeist dieses Spiels ihn abstießen.

Lasker bemühte sich, seinem Freund zu erklären, dass Schach für ihn nur ein formales System sei, das ihm dazu diene, immer wieder neue Lehrsätze zu erproben, doch er war nicht ganz aufrichtig. Im Alter indessen nahm er tatsächlich eine tolerante und großzügige Haltung an. Albert wiederum hörte ihm gern zu, wenn er die Relativitätstheorie zu widerlegen versuchte.

38

In der Stille jener staubigen Halle, in der sich Seeleute und Bauern drängten, nahm Capablanca zum ersten Mal nach langer Zeit wieder den herrlichen Duft der Tamariske wahr, der ihn an damals erinnerte. Die Begegnung hatte in seiner Heimat stattgefunden, wo die Gunst des Publikums ihm gehörte, und er war hervorragend in Form gewesen. Sein Spiel war klar in der Eröffnung, von logischer Schönheit im Mittelspiel und unerbittlich im Endspiel.

Lasker hatte darum gebeten, zu seinen Gunsten abzudanken. Seit siebenundzwanzig Jahren trug er das Gewicht jener platzraubenden Krone und wollte sie nun ohne Niederlage abgeben. Capablanca war sein von ihm gewählter Erbe. Seit dem Krieg hatte er alle Turniere gewonnen, auf die es ankam. Doch der Schachweltverband reagierte schockiert und legte fest, dass die Ablösung nur im Wettkampf stattfinden könne. Schließlich nahm Lasker die Herausforderung und die damit verbundene Summe von elftausend Dollar an, und die beiden einigten sich auf das Gran Casino de la Playa in Havanna, wo die Begegnung im Frühjahr 1921 stattfinden sollte.

Als Lasker sich einschiffte, lag Europa unter einer Schneedecke, während Kuba ihn mit einer senkrecht stehenden tropischen Sonne empfing. Kaum hatte er den Fuß auf die Insel gesetzt, fühlte er sich fiebrig und schwach. Im Saal des Casinos brach ihm bei jedem Zug der Schweiß aus, und abends fiel es ihm schwer, die Berichte über die Begegnung zu schreiben, die er an eine holländische Zeitung schicken sollte. Die ersten vier Partien endeten in einem Remis. Die beiden Spieler beobachteten einander genau. Capablanca wollte die Fehler der Vergangenheit nicht wiederholen. Er hielt sich an eine vorsichtige, aber energische Spielführung, denn er kannte die Tücken seines Gegners. Nachdem er die fünfte Partie gewonnen hatte, wurde er mutiger. Er gewann auch die zehnte und die elfte. Bei der vierzehnten konsultierte Lasker einen Arzt und gab aus gesundheitlichen Gründen auf. Dann zog er sich in sein Hotel zurück. Im letzten Bericht schrieb er, dass es trotz der widrigen klimatischen Umstände für ihn ein Fest der Intelligenz gewesen sei, mitzuerleben, wie sich Capablancas Rationalität entfaltete. Er verglich ihn eher mit einem Römer als mit einem Griechen und lobte genau das, was er einst getadelt hatte: die Linearität seines Spiels, seine Genauigkeit und den Umstand, dass er weder zu Täuschungsmanövern, Umständlichkeit noch Unruhe neigte.

Alle Zeitungen Kubas veröffentlichten die Notiz auf der ersten Seite, wie damals, als Capablanca Corzo geschlagen hatte. Unter den Augen seines Vaters und inmitten seiner Stadt war er, ein Kind von zweiunddreißig Jahren, Weltmeister geworden.

39

Wsewolod Illarionowitsch Pudowkin hatte den durchdringendsten Blick, den er je bei einem Menschen gesehen hatte. Als Capablanca sich ihm das erste Mal näherte, erschien er ihm wie eine Art Buster Keaton mit orientalischen Zügen. Die gleichen furchterregenden Augen, doch noch tiefer in ihrem Irrsinn gefangen. Pudowkin wartete auf das Ende der Pressekonferenz, mit der das Moskauer Turnier von 1925 eröffnet wurde. Er saß in der letzten Reihe. Als sich die riesige Wolke aus Bewunderern und Verehrerinnen allmählich zerstreute, kam er schüchtern nach vorn. Er hielt sich noch ein wenig abseits, bis die Menschen hinausströmten und der Weltmeister endlich von der Belagerung befreit war, ehe er sich an ihn wandte.

»Monsieur Capablanca?«

Er sprach weder Spanisch noch Englisch. Capablanca wiederum konnte nur ein paar Brocken Russisch. Also hatte er sich für Französisch entschieden, und nach einigen Minuten des Sich-miteinander-Bekanntmachens verstanden sich die beiden erstaunlich gut. Pudowkin wollte in Kürze mit den Dreharbeiten zu einem Film beginnen, der auf einem Roman von Gorki basierte, doch vorher plante er ein Kurzfilmprojekt. *Šachmatnja gorjačka.* »Schachfieber.«

»Erzählen Sie mir doch, worum es geht«, bat Capablanca in makellosem Französisch.

Pudowkin lud ihn in ein Lokal in der Nähe ein.

»Die Geschichte ist einfach«, sagte er, nachdem sie sich an einen Tisch gesetzt hatten, wo sie sich, in Ruhe und ohne unterbrochen zu werden, unterhalten konnten.

»Es ist Michails Hochzeitstag. Seine Verlobte wartet auf ihn, zusammen mit den Verwandten und anderen Gästen sowie einigen Schaulustigen. Doch Michail kommt nicht. Er ist mit einem Freund bei einer Schachveranstaltung und hat, ganz in eine Partie versunken, vollkommen vergessen, was für ein Tag es ist.«

»Interessant«, bemerkte Capablanca lächelnd.

»Die Verlobte, zutiefst gekränkt, ergreift die Flucht und irrt durch die Straßen Moskaus. Ich habe die Szene vor Augen. Man sieht das in Fetzen hängende Kleid, wie sie rennt, den schmutzigen Schnee … Die junge Frau hat beschlossen, sich umzubringen, weiß aber noch nicht, wie.«

»Erzählen Sie schon weiter, bitte.«

Pudowkin stürzte ein Gläschen Wodka von der Größe eines Fingerhuts hinunter. Seine Augen irrten funkelnd im Halbschatten umher.

»In ihrer Verzweiflung kommt sie an einem Theater vorbei, in dem eine Schachveranstaltung im Gang ist, wie die, die morgen beginnen wird.«

»Allmählich begreife ich.«

»In Tränen aufgelöst geht sie hinein, vielleicht in der

Hoffnung, ein letztes Mal den Mann zu sehen, der sie zurückgewiesen hat und den sie trotz allem noch liebt.«

»Und, trifft sie ihn?«

»Nein, noch nicht. Das ist der zentrale Teil des Films. Nicht Michail ist es, dem sie begegnet.«

»Wem denn dann?«

»Ihnen, Monsieur Capablanca, Ihnen begegnet sie.«

»Mir?«

»Gewiss. Mir genügen wenige Stunden Ihrer Zeit, nächste Woche oder in der Woche darauf, wann immer es Ihnen passt … Ich habe Sie heute beobachtet, wie Sie mit den Journalisten umgegangen sind. Sie sind die ideale Besetzung für die Rolle. Sie brauchen nichts anderes zu tun, als sich selbst zu spielen und das Mädchen zu empfangen, während Sie seitlich an der Wand lehnen und eine Zigarre rauchen oder sich ganz einfach entspannen. Es wird Ihre Aufgabe sein, ihr zu erklären, welch tiefe Leidenschaft ein Mann für dieses Spiel empfinden kann, sodass er sogar die eigene Hochzeit vergisst. Das Mädchen wird Ihnen zuhören, und Ihre Worte und ihre Art zu sprechen werden sie von ihrem Vorhaben abbringen. Den Rest können Sie mir selbst erzählen. Gewiss werden Sie es längst erraten haben, das Ende der Geschichte.«

»Die junge Frau betritt den Saal und findet Michail unter den Zuschauern.«

»Genau. Also, nehmen Sie an?«

»Die Geschichte klingt amüsant.«

Capablanca sah Pudowkin an. Diese Stadt überraschte ihn immer aufs Neue. Im Guten wie im Schlechten. Auf der Straße sprachen ihn die Menschen an und baten um ein Autogramm. Die Frauen schenkten ihm Pralinen. Und jetzt bot ihm ein Regisseur eine Rolle an. Er war Weltmeister und würde es noch viele Jahre lang sein.

So glaubte er zumindest.

»Wann fangen wir an?«, sagte er mit einem Lächeln.

40

Einmal hatte er in Los Angeles an einem Schaukampf mit lebenden Schachfiguren teilgenommen. Es war sogar ein Team aus Hollywood gekommen, um das Ganze zu filmen. In einer Ecke des Platzes hatten sie eine feste Filmkamera aufgebaut und in der anderen eine auf einem fahrbaren Gestell. Ihn hatten sie aufgefordert, auf einem Schiedsrichterstuhl Platz zu nehmen, der über dem Spielfeld thronte. So sah man ihn auch auf einem der Fotos, die er immer bei sich trug. Dort oben notierte er in einem Formular die jeweiligen Züge und gab sie den Schiedsrichtern unten durch. Eine Stimme verkündete sie dann gebieterisch, und der Schauspieler, der an der Reihe war, bewegte sich gemäß der empfangenen Anweisung. Am Scheitelpunkt der gegenüberliegenden Seite des Platzes verfuhr Schachmeister Steiner hoch oben auf seinem Stuhl nach derselben Methode.

Ob es nun die Hitze war oder die Höhe, die ihn schwindlig machte, jedenfalls erschütterte ihn das lebendige Treiben der Partie wie eine Vision. Für ein paar Sekunden vernebelte sich alles um ihn herum, dann zog ein Läufer sein Schwert und tötete einen Springer. Schließlich erschien ein Strand vor seinen Augen, ein langer weißer Strand, an den die Wellen schlugen, und ein Kind, das sich, mit dem Rücken zu ihm gewandt, zwischen den Gerippen riesiger Tiere zu schaffen machte. An diesen Ort hatte sein Großvater ihn eines Morgens mitgenommen und ihm erzählt, dass man die Pferde und andere große Tiere der Insel zum Sterben hierherbringe: die verletzten Stiere, Stuten, Maulesel …

In der Nähe des Flusses.

Den Pferdefriedhof hatte er ihn genannt.

Als Junge ging er oft dorthin, um die Länge der Knochen zu messen und sie wie Treibholz ins Meer zu ziehen.

41

Kurz vor der Reise nach Rio Preto waren sie ins Kino gegangen. In New York wurde viel Wirbel um den neuen Film von Ruben Mamoulian gemacht, und Olga hatte darauf bestanden, ihn sich anzusehen, weil sie wusste, dass José die Filme dieses Regisseurs immer geliebt hatte. Dieses Mal handelte es sich um die Neufassung eines Films, der zwanzig Jahre zuvor gedreht worden war. *Das Zeichen des Zorro.* Tyrone Power fiel es zu, das Erbe von Douglas Fairbanks anzutreten. Der Schauspieler erinnerte Capablanca an seinen Vater in jungen Jahren, obwohl sich die beiden nicht ähnlich sahen. Doch sie hatten die gleiche Art, zu gehen und zu lachen. Und eine seltsame Zurückhaltung im Blick. Während er im Dunkel des Kinosaals vor der Leinwand saß und verfolgte, wie sich Tyrone Power mit Kapitän Esteban duellierte, rief er sich in Erinnerung, wie er seinen Vater zum letzten Mal gesehen hatte. Im Salon des elterlichen Hauses auf Kuba. Er hatte ausgestreckt auf dem Sofa gelegen und nach Luft gerungen. Er war gerade aus einem Sanatorium entlassen worden, das auf einem Hügel über Havanna lag. Ein neues Gebäude mit Kachelböden in den Fluren und lichtdurchfluteten Zimmern, durch deren Fenster man die Küste sah. Capablanca hatte gegenüber den Ärzten darauf bestanden, dass er nach Hause kam. Er sprach nicht mehr auf die Behandlungen an, und José wollte nicht, dass sein Vater in einem Krankenhausbett starb wie seine Großmutter.

»Versuch, ein wenig zu schlafen«, sagte er zu ihm.

»Ich bin nicht müde«, antwortete der Vater mit der dünnen Stimme, die ihm noch geblieben war.

»Ich werde bei dir bleiben, auch wenn du die Augen schließt.«

»Nein, José. Man gewöhnt sich an den Husten der anderen, aber nicht an den eigenen. Ich muss erst warten, bis er sich beruhigt hat.«

»Morgen werde ich eine Schwester kommen lassen, eine wie die im Santa Isabel.«

»Eine ähnelte deiner Mutter. Sie kam jeden Morgen. Ich habe sie schon an ihren Schritten im Flur erkannt …«

»Streng dich nicht an, Vater.«

»Ich habe sie gebeten, mich beim Vornamen zu nennen.«

»Warum?«

»Weil es schön ist, den eigenen Namen noch einmal aus dem Munde einer Frau zu hören.«

»Morgen werde ich sie holen gehen.«

»Ach, lass doch.«

»Wer weiß, vielleicht hat sie sich verliebt.«

»Hör auf, ich kann nicht lachen, José Raúl.«

»Du wirst sehen, dass sie sich verliebt hat und dich heiraten will.«

»Ich bin zu alt für diese Dinge.«

»Aber nicht, um zu spielen. Es ist mindestens zwanzig Jahre her, seit wir zusammen an einem Schachbrett gesessen haben.«

»Ich habe es dir doch gesagt, José, ich bin zu alt.«

»Nur eine Partie, was meinst du?«

»Nein, José, du würdest mich doch nur gewinnen lassen.«

»Nein, das würde ich nicht.«

»Dann würdest du mir eben sagen, dass ich einen Fehler mache, wenn ich den Springer ziehe.«

»Ich würde dir gar nichts sagen.«

Der Vater senkte den Kopf. »Nein, besser nicht, ich will dich nicht in Verlegenheit bringen«, sagte er nach einer Weile.

Capablanca lächelte und drückte ihm den Arm. Sein Vater trug noch immer die Armbanduhr mit dem Zifferblatt aus Elfenbein und Ebenholz, die er ihm so viele Jahre zuvor aus New Orleans mitgebracht hatte.

Er dachte, dass er nun an seiner Stelle saß, in jenem Sessel, der auf dem Foto zu sehen war, das er stets in seiner Brieftasche bei sich trug. Dem mit den bestickten Armlehnen und den dunklen, glänzenden Holzsprossen. Dahinter noch immer die mit Blumentapete bezogenen Wände. Und das immergleiche Licht, das durch die Tür an der Ecke hereinflutete. Dass dieses Haus bald unbewohnt sein würde, der einzige Ort auf der Welt, der sich niemals verändert hatte, erschien ihm unannehmbar. Doch wenigstens würde sein Vater zu einer Zeit sterben, da er der amtierende Weltmeister war und seit acht Jahren keine Partie verloren hatte.

Damals hätte er sich endgültig zurückziehen sollen.
Ehe sich jener Adler auf ihn herabsenkte.
Am Himmel von Buenos Aires.

42

In jeder Stadt besuchte er, abgesehen von den Gemäldegalerien, immer auch das Konservatorium. Es war eine Marotte und eine Art Beschwörung. Am Nachmittag vor Beginn eines Turniers bestellte er ein Taxi und sagte: »Zum Konservatorium, bitte.« Fast alle ähnelten einander. Sie befanden sich in Palästen aus vergangenen Jahrhunderten und hatten Eingangshallen mit weitläufigen Marmortreppen und angrenzenden Innenhöfen. Capablanca ging hinein und bat um einen Stuhl.

»Dürfte ich mich hier ein wenig aufhalten?«

Die Pförtner wussten nicht, was sie antworten sollten, konnten aber nicht anders, als dem eleganten, freundlichen Herrn seinen Wunsch zu erfüllen.

Capablanca setzte sich in die Nähe eines Fensters, das auf den Innenhof hinausblickte, und lauschte. Von dort drangen die Klänge aller möglichen Instrumente herein: Violen, Cembali, Klarinetten ... Sopran- und Altstimmen ...

Das Dienstpersonal beobachtete ihn neugierig, wagte es aber nicht, ihn zu stören, denn es fürchtete, er sei ein Ministerialkommissar. Nach ein oder zwei Stunden, je nachdem, was er vorhatte, stand Capablanca auf, gab den Stuhl zurück und dankte liebenswürdig, so als hätten sie ihn zur normalen Kommunikation mit den Menschen zurückgeführt.

Er liebte die Musik. Eine besondere Vorliebe hegte er für das Bach-Konzert in d-Moll für zwei Violinen und Basso continuo. Er besaß eine der frühesten Vinylaufnahmen mit achtundsiebzig Umdrehungen pro Minute, die er hütete wie seinen Augapfel und ihn auf all seinen Reisen begleitete. Wenn er von einer Partie zurückkam, schaltete er das Grammophon ein, das er in jedem Hotel verlangte, legte die Platte auf den Teller, führte die Nadel zu der Stelle, an der der zweite Satz begann, Largo ma non tanto, und warf sich in den Sessel in der Mitte des Salons seiner Suite. Die Melodie der Violinen, die wie eine bunte Feder in die Höhe stieg, erschien ihm als der tollkühnste Sturm auf die Schönheit, den ein Mensch je unternommen hatte. Er erahnte den stolzen Mut der Figurationen, ihre Logik, ihre Provokation. Sie enthielten den ganzen Wahnsinn und die Dreistigkeit, die ein sanftmütiger Mensch zu verbergen vermag. Er folgte ihnen, wie er einem Läufer gefolgt wäre, der bewusst aus seiner Diagonalen und aus dem Spielfeld ausbrach, um sich in die verfeinerte Luft eines Lichtstrahls hinauszukatapultieren. Diese Musik war Königin Mab, die Hebamme der Feen, die sich mit ihrem Gespann aus untastbaren Atomen vor seinen Augen davonstahl, oder die Hand seines Vaters, die ihn die Namen der Bäume lehrte, war das, was nach ihnen kam und jenseits des Himmels und der Wolken, so als könnte jede Reise von einer weiteren übertroffen werden, jeder Gipfel von einem noch höheren, als gäbe es keine Grenzen und keine Beschränkungen mehr; jene Musik war näher am Unendlichen als alles, was er kannte. Hätte er Schach gespielt, wäre Johann Sebastian Bach einer der wenigen gewesen, gegen die zu spielen die Mühe gelohnt hätte.

Aber in Rio Preto befand sich weder ein Konservatorium noch eine Musikschule, und im Hotel gab es kein Grammophon.

43

Er erinnerte sich an alle Frauen, die er je gehabt hatte. Von den Marías im Hafen bis zu jener, mit der er zuletzt zusammen gewesen war. Aber noch besser, und mit allergrößter Detailschärfe, erinnerte er sich an diejenigen, die er hätte küssen wollen, aber nicht geküsst hatte. Wegen eines Rechenfehlers, eines banalen Missgeschicks oder aber weil er ein ausgezeichnetes Spiel gespielt hatte, jedoch unfähig gewesen war, sich aus dem Zustand permanenter Wachsamkeit und Kontrolle zu lösen. Die Liebe braucht Fehlzüge, den Mut, dem Schicksal nachzuhelfen, die eigene Abwehr niederzureißen, sich dem Spiel und den Entscheidungen anderer zu überlassen, doch all das widerstrebte ihm. Von Natur aus. Er erinnerte sich an jede der unvollendeten Geschichten: eine zufällige Begegnung in einer Buchhandlung, einen nachmittäglichen Spaziergang im Park, eine in gelbes Licht getauchte Küche … Umstände, unter denen es ihm nie gelungen war, die Unterhaltung aus ihrem Gleichgewicht zu bringen. Aber warum? Weil er nie auch nur einen Bauern geopfert hatte, um einen Ausgang gleich welcher Art herbeizuführen? Und warum diese absurde Zurückhaltung? Wann immer er darüber nachdachte, kam ihm eine Milonga von Carlos Gardel in den Sinn: *El acróbata y el mago … Der Akrobat und der Zauberer.*

Mit den Frauen war es genau andersherum als beim Schach. Er war meisterhaft in der Eröffnung, brillant in der Mittelpartie, aber auffallend schwach im Finale. Abgesehen vom Abenteuer mit Madame Zlata. Und der Begegnung mit Olga. Zum Glück waren sie, in den meisten Fällen, so geistesgegenwärtig, ihm aus der Klemme zu helfen. Die Wahrheit war, dass das Leben für ihn eine Atempause von den Mühen des Spiels darstellte, und er zog es vor, dass jemand anders beim Tanz führte und die Kette der Ereignisse in Gang setzte, die schließlich bis in ein Hotelzimmer oder zum Sofa eines bürgerlichen Hauses reichte. Er verstand nicht, dass ihm ausgerechnet auf diese Weise die wenigen Male in seiner Laufbahn Schach geboten wurde. Den zahlreichen Frauen gegenüber, die es verstanden hatten, an seiner Stelle die Initiative zu ergreifen, brachte er, wenn sie wieder aus seinem Leben verschwunden waren, ein tiefes Gefühl der Dankbarkeit entgegen, aber mehr nicht; die anderen hingegen erschienen ihm immer wieder im Traum, wie um ihn an seine Unzulänglichkeit zu gemahnen, und er dachte so oft daran, dass er sich jedes Mal wieder in sie verliebte.

Im Grunde ging es ihm vor allem darum, eine neue Verführungsstrategie zu entwickeln. Beim Abendessen brauchte er nur die anderen Tische zu beobachten, und schon hätte er auswendig sagen können, welche geistreichen Bemerkungen jeder Einzelne als Nächstes von sich geben würde. Es war immer die gleiche Komödie. Er verabscheute es, dem männlichen Geschlecht anzugehören, die Feigheit zu teilen, die die Männer früher oder später in Liebesdingen immer wieder bewiesen. Insgeheim war er von einem ritterlichen Ideal beseelt. Er wünschte sich, in der Liebe den gleichen Mut und die gleiche Fantasie an den Tag zu legen, mit denen er sich bei jeder Schachpartie schlug. Wie bei den Zügen der Dame empfand er auch gegenüber jeder Frau, der er begegnete, eine unendliche Neugier und gleichsam eine Art Gerechtigkeitssinn, eine Lust und ein Bedürfnis, sie mit kristallklarer Hochachtung zu verehren. Und sie mit Blicken und unverfälschten Worten zu entschädigen. Als könnte die Liebe zuerst ein Einverständnis der Augen und dann erst der Hände sein.

In der Regel bemühte er sich um eine tadellose, wenngleich unauffällige Eleganz. Er betrat die Bühne auf Zehenspitzen. Aber allein seine stille Präsenz rief eine ungewöhnliche Spannung hervor. Er vermied es, in Gesprächen seine Verdienste hervorzukehren. Er umgab sich mit Stille und Freundlichkeit. Aber er war im Grunde eitel. Und seine Berühmtheit war ihm freilich eine Hilfe. Sie verlieh ihm die Maske eines genialen Menschen von ungewöhnlichem Einfühlungsvermögen. In seinen besten Zeiten hatte es Momente gegeben, da es ihm gelungen war, sie herunterzureißen und mittels dieses Opfers in einem waghalsigen Illusionsstück die Gefährtin des Augenblicks zu bezaubern, bis sie in seinem Gesicht das eines Kindes erkannte.

44

Olga hatte eine Freundin begleitet. In einer Visums-Angelegenheit. Zu dieser Zeit, am Nachmittag, war das Konsulat so gut wie leer. Es waren nur wenige Beamte da, und lediglich drei Frauen standen in der Warteschlange: eine Mutter mit ihren beiden Töchtern. Im Raum ein Meer von Schatten.

Capablanca kam durch eine Tür, die bis dahin niemand bemerkt hatte. Er durchquerte die Halle mit den für ihn typischen entschlossenen, aber leisen Schritten. Seine Bewegungen ähnelten denen seiner Bauern auf dem Schachbrett. Im Bewusstsein, dass sich mit jedem Schritt ein Hinterhalt des Schicksals auftun oder eine glanzvolle Diagonale eröffnen konnte. Wenige Meter genügten. Er bemerkte sie augenblicklich.

»Kann ich Ihnen behilflich sein, Madame?«

Olga bezwang die Unruhe, die die Stimme dieses Rudolf Valentino in ihr hervorgerufen hatte.

»Es ist für meine Freundin. Wenn Sie so nett wären …«

Am Abend fanden sie sich in einem Restaurant in Manhattan wieder. Ein kubanischer Diplomat mit rabenschwarzem Haar und die schönste Georgierin von New

York. Zwei in die Welt verstreute Heimatlose, die das Schicksal an diesem Tisch an der 57. Straße zusammengeführt hatte.

»Bist du schon lange in Amerika?«, fragte Capablanca sie.

»Willst du die Wahrheit hören oder eine Lüge?«

»Lügen haben mir schon immer gefallen.«

»Also gut. Lange genug, um mich zwei Mal scheiden zu lassen.«

»Bestimmt hat dein erster Mann auf der Rennbahn gewettet.«

»Nein, er hat nicht gewettet. Er war ein Beamter.«

»Auch ein Ausländer?«

»Georgier wie ich. Wir sind zusammen nach Amerika gekommen. Er hat mich entführt.«

»Er hat dich entführt?«

»Meine Familie hat adlige Wurzeln: Sie hätte nie in eine Ehe mit ihm eingewilligt.«

»Eine alte Geschichte. Womöglich bist du eine Prinzessin …«

»Ja, genau: Du sitzt gerade mit einer exilierten Prinzessin beim Abendessen.«

Capablanca schenkte Wein nach. Er hatte eine seltsame Art, die Dinge anzufassen. So als wollte er ihre Beschaffenheit ergründen. Als könnten die Gläser unter seinen Fingern zerbrechen. Es war aber keine Angst, sondern eine Art Respekt, das begriff Olga sofort. Capablancas Hände zeugten von der Entschlossenheit eines Menschen, der das Schicksal mit jeder Geste fest im Griff hat.

»Kaum waren wir angekommen, haben wir wegen des kleinsten Anlasses zu streiten begonnen«, sagte Olga.

»Es macht einen wütend, wenn man gerade zusammen den Ozean überquert hat.«

»Vielleicht wäre es besser gewesen, die Reise gar nicht erst anzutreten.«

»Man muss nicht ein Schiff besteigen, um sich zu trennen.«

»Sprichst du aus Erfahrung?«

»Einmal hatte auch ich eine Frau beziehungsweise Ehefrau, damals auf meiner Insel. Aber sie wollte mir nicht folgen.«

»Wahrheit oder Lüge?« Olgas Augen erforschten ihn belustigt.

»Ich habe sie wegen ein paar Holzfiguren verlassen«, sagte Capablanca. »Und du, wegen wem hast du deinen Beamten sitzen lassen?«

»Rate mal.«

»Wegen eines Hollywood-Regisseurs, der dich unbedingt für eine Rolle haben wollte.«

»Nein.«

»Wegen eines Musikers vom Benny-Goodman-Orchester.«

»Auch nicht.«

»Wegen eines Tangotänzers.«

»Ich werd's dir sagen: wegen eines Athleten.«

»Was für eine abwegige Fantasie du hast. War er wenigstens ein Champion?«

»Olympische Medaille.«

»Amerikaner?«

»Amerikaner.«

Beide lachten.

»Hatte er dich geliebt?«

»Ja, aber er war hysterisch.«

»Du hattest kein Glück.«

»Zeig mir, was man machen muss, um Glück zu haben.«

»Am besten du fängst damit an, die Finger von Beamten und Athleten zu lassen.«

»Auch von Schachspielern?«

»Ich habe schon vor langer Zeit aufgehört, einer zu sein.«

»Das glaube ich nicht.«

»Niemand glaubt es.«

»Also gut, dann lass uns auf unsere Lügen anstoßen.«

»Und auf unsere Wahrheiten. Ich bin glücklich, dir begegnet zu sein, Olga.«

»Das Glück ist ganz auf meiner Seite, José.«

45

Während er das regelmäßige, aber ausdruckslose Profil seines Herausforderers betrachtete, dachte Capablanca an die seltsamen Zufälle, die ihm im Leben widerfahren waren: Der Mensch, den er am meisten liebte, und der, den er am meisten verachtete, waren beides Russen. Als wäre der Hass so mit der Liebe verwandt, dass er dieselbe geografische Herkunft beanspruchte, dieselben Entfernungen. Olga war das andere Gesicht Aljechins. Als er sich dabei ertappte, wie er den Gedanken im Geiste formulierte, merkte er, wie seine Hände feucht wurden, und er musste sich zwingen, diese gedankliche Gegenüberstellung zu verscheuchen. Und dennoch gelang es ihm tagelang nicht, sie zu berühren, so als würde auch sie eine unsichtbare Falle, einen Hinterhalt, eine Gefahr in sich bergen.

Eine unaussprechliche Angst quälte ihn. Dass Aljechin sie ihm bei nächstbester Gelegenheit wegnähme. Und dass sie es zulassen würde. Er sah ihn vor sich, wie er sich mit seiner anmaßenden Art an die Bartspitze fasste. Nachdem der Russe ihm schon den König geraubt hatte, wollte er nun auch seiner Dame Schach bieten. An diesem Punkt würde das Schachbrett tatsächlich für immer leer bleiben.

Die Stellung wäre endgültig verloren. Ab und zu trafen auf Russisch verfasste Briefe an Olga ein. »Von meinen alten Freundinnen«, sagte sie. Doch Capablanca wurde nie den Verdacht los, dass ein weiterer Schachzug Aljechins dahintersteckte. Wenn er die Briefe geschrieben hatte, würde Capablanca es nicht erfahren, weil er sie nicht lesen konnte.

»Unsere Liebe Frau der Schlaflosen, bitte, schenk mir Frieden«, betete er nachts in seinem Bett. In der Dunkelheit hörte er Olgas Atem. Er erahnte ihre Haare, die auf dem Kissen mit den Schatten eins wurden. Am liebsten hätte er ihr mit dem Handrücken über die Wange gestreichelt, sich an ihre Seite geschmiegt, ihr ein wenig ihrer Wärme geraubt. Stattdessen stand er auf. Er schob den langen Vorhang der Vorratskammer zur Seite und nahm vom untersten Brett sein einziges Schachspiel. Dann setzte er sich in die Küche. Durch das Fenster drang ein aschfarbenes Licht, das einen Teil des Tisches und der Wand beleuchtete. Langsam stellte er alle Figuren der Reihe nach auf ihre jeweiligen Felder, doch er begann nie eine Partie. Er ließ sie unbewegt und ungespielt für den Rest der Nacht dort stehen. *»Zeitnot«,* murmelte er leise. »Ich bin in *Zeitnot* geraten.« Und wiederholte die Silben mit krankhafter Wut.

Erst jetzt verstand er, welch primitive Bedeutung dieses Wort für ihn angenommen hatte. Es war nicht die berühmte Furcht davor, sich in eine blinde Angst verrannt zu haben. Oder vor der Niederlage, die den Körper wie eine Infektion befällt. Vor dem flackernden roten Fallblättchen der Schachuhr und dem konvulsivischen Zucken des

Fähnchens, das dem endgültigen Fehler vorangeht. Nein. Seine Kapitulation war ursprünglicher. Es war nicht die Erschöpfung des letzten Zugs, sondern die des ersten. Die Angst vor der Zeit, die noch nicht begonnen hat und doch schon abläuft.

Er verfolgte etwas, was er nie erreichen würde. Das er selbst mit der allergrößten Hartnäckigkeit nicht würde erlangen können. Er fühlte sich pathetisch. Beschränkt in seinem Zwang, eine Position wiederzuerlangen, die er in einem anderen Leben verloren hatte. Er hätte sich in alles gefügt, nur nicht in dieses Nicht-Spiel, die nicht gewährte Gelegenheit, diesen ewigen Aufschub …

In jenen Nächten musste er immer wieder aufstehen, um das Fenster aufzureißen. Damit Luft hereinkam.

46

Im Lauf seiner Karriere hatte er an unzähligen Simultanbegegnungen teilgenommen. Von klein auf hatte er im Circolo damit begonnen. Später erwarb er sich im Manhattan Chess Club einen legendären Ruf im Blitzschach. Die Sache bereitete ihm Vergnügen. War gleichsam eine Erholung. Es kam ihm entgegen, dass er sich nicht auf nur eine Partie und einen Gegner konzentrieren und nicht jeden einzelnen Zug bis zur Besessenheit abwägen musste. Unter Zugzwang machte er nie einen Fehler. Die Vielzahl der Schlachtfelder steigerte seine geistige Klarheit und seinen Wettkampfgeist. Und es kostete ihn keine Anstrengung zu gewinnen. Vor so vielen Männern zu stehen, die in Reih und Glied saßen, hatte ihm schon immer das euphorische Gefühl des Vorteils vermittelt. Er war überzeugt, dass der Umstand, sich horizontal mit kleinen, gemessenen Schritten zu bewegen, die Linearität der Lösungen begünstigte, ihm die Illusion gab, eine Gesamtstrategie zu verfolgen. Als würde er am Ende nur einem einzelnen Gegner gegenübertreten, dessen Charakter sich aus der Gesamtheit der anwesenden Kontrahenten zusammensetzte. Für ihn waren diese Begegnungen nichts weiter als ein Training. Sie lehrten ihn, schnell zu spielen, ohne in Hektik zu verfallen, und dabei selbst die Regel vorzugeben. Eine Art Zerstreuung, die seine nervlichen Ressourcen nur minimal beanspruchte. In seinen besten Zeiten räumte er seinen Gegnern, selbst wenn es russische Meister waren, einen Vorteil von vier Minuten ein, und konnte dennoch sicher sein, sie zu schlagen.

In der Zeit, als er versuchte, sich aus seiner Niedergeschlagenheit zu befreien, in die Aljechin ihn gestürzt hatte, fing er in New York wieder mit dieser Art von Auftritten an und spielte zunächst in fünfzig gleichzeitigen Partien gegen je vier Spieler. Zweihundert Gegner insgesamt. Es war am 12. Februar 1931. Für Turniere war kein Geld da, nur für den Simultanzirkus. Es war der Beginn der Ära des New Deal. Einige Journalisten hatten sich eingefunden, und das Publikum zählte schätzungsweise mehr als zweitausend Menschen. Capablanca verlor gerade mal sechs Partien, sechzehn endeten in einem Remis, und die restlichen achtundzwanzig gewann er. Die Nachricht wurde in der ganzen Welt verbreitet. Titelüberschriften wie »Capablancas Revanche« verfehlten ihre sensationelle Wirkung nicht. Ein Artikel trug die Unterschrift eines jungen Journalisten namens John Ernst Steinbeck.

Der Russe las sie und vereinbarte umgehend einen Distanzwettkampf mit ihm. Anderthalb Jahre später, abermals in New York und wieder in fünfzig Parallelbegegnungen gewann Aljechin zwei Partien mehr als Capablanca, alles in allem dreißig, und verlor ebenfalls sechs. Im darauffolgenden Winter steigerte sich Capablanca: In Paris spielte er in sechzig gleichzeitigen Partien gegen je fünf Spieler, also dreihundert Gegner insgesamt. Wieder waren es sechs Niederlagen, dafür aber siebenunddreißig Siege.

Capablanca wartete, bis es Mai wurde, und trat in Havanna in sechsundsechzig Schachspielen gegen je fünf Spieler an. Dort reduzierten sich seine Niederlagen auf vier, während er sechsundvierzig Siege errang. Im folgenden Jahr reiste er nach Mexiko, wo er bei einem Turnier 452 Mal gewann.

Niemand konnte ihm das Wasser reichen.

Aber es war nicht wie in seinen jungen Jahren. Er fand keinen Gefallen mehr am Blitzspiel. Er gewann ohne Freude. Inzwischen nahm er hinter jedem Schachbrett die unsichtbare Gegenwart seines eigentlichen Antagonisten wahr.

47

Mit großem Vergnügen erinnerte er sich an einen Nachmittag im Kreml, an dem er sich gleichzeitig sämtlichen Führungsmitgliedern der KPdSU gestellt hatte.

Marschall Woroschilow, in voller Uniform, ergab sich nach fünfzehn Zügen aufgrund einer lächerlichen Unaufmerksamkeit, nachdem er ein erbittertes, wenngleich vorhersehbares Spiel geliefert hatte. Als Nächstes zwang Capablanca den Chef der Geheimpolizei zur Aufgabe, dann Wjatscheslaw Michailowitsch Molotow, den Vorsitzenden des Rats der Volkskommissare, und den Kommissar für Schwerindustrie. Michail Kalinin, der ein Jahr später Staatsoberhaupt wurde, schaffte es immerhin bis zum siebenunddreißigsten Zug. In seinem weißen Anzug stach er ebenso hervor wie der Zipfel seines Kinnbarts. Und wegen des Stocks, den er am Tisch aufgehängt hatte und den er von Zeit zu Zeit berührte, als fürchtete er, das Gleichgewicht zu verlieren.

Seinem Körperbau entsprechend, dem stattlichsten im ganzen Saal, hielt Sergo Ordzonikidze, der Löwe des Kaukasus, am längsten stand. Mit vor Anspannung gerunzelter Stirn und gekräuselten Haaren saß er da. Capablanca sorgte dafür, dass er sich gehörig verausgabte, um dann, im richtigen Moment, einen Angriff zu starten, dessen Ausgang für alle gleichermaßen notwendig und unausweichlich erschien – wie ein Naturereignis.

Nach weniger als zwei Stunden war außer ihm niemand mehr im Spiel. Capablanca zog seinen Mantel an, machte eine Verbeugung gegenüber den Anwesenden und wandte sich zum Gehen, als ihm aus dem Schatten einer Säule eine herrische Stimme Einhalt gebot.

»Haben Sie noch ein wenig Ihrer kostbaren Zeit, *Monsieur Capablanca?«*

Capablanca erfasste intuitiv die Bedeutung der Frage.

Der Mann, der sie ausgesprochen hatte, trat ins Licht. Er trug eine kragenlose weiße, streng geschnittene Jacke. Glänzende Lederstiefel. Capablanca vermied es, den Blick auf seinen Schnurrbart zu heften.

»Man hat mir gesagt, dass Ihre Frau aus Georgien stammt. Ist das wahr?«

Diesmal musste man ihm die Frage übersetzen.

Capablanca bejahte. Ja, seine Frau sei Georgierin.

Der Mann zündete sich zufrieden eine Pfeife an und kam auf ihn zu.

»Dann haben Sie sicherlich nichts dagegen, ihr meine Grüße zu überbringen.«

Capablanca antwortete auf Französisch.

Der Mann trat noch ein paar Schritte näher.

»Doch zuvor müssen Sie mir die Gelegenheit geben, die verlorene Ehre meiner Generäle wiederherzustellen«, sagte er mit einem unaufrichtigen Lachen.

Comme il veut.

Stühle wurden gerückt. Jossif Wissarionowitsch Dschugaschwili, genannt Stalin, nahm vor dem Schachbrett in der Mitte Platz. Die Figuren wurden auf die Ausgangsfelder gestellt. Capablanca legte seinen Mantel wieder ab.

Alle blickten ihn mit spöttischer Miene an. Nur Kalinin ließ hinter seinen kleinen runden Brillengläsern eine nervöse Unruhe erkennen. Stalin eröffnete mit einem Königsgambit. Es hieß, er habe innerhalb des Kremls noch nie eine Partie verloren. Und dass derjenige, der ihn schlagen sollte, in Sibirien eine lebenslängliche Strafe würde verbüßen müssen – wegen konterrevolutionärer Aktivitäten. Gemäß Artikel 58 des Strafgesetzbuchs der Russischen Sozialistischen Föderativen Sowjetrepublik.

Es war eine kurze, angespannte Partie. Capablanca begann sich zu langweilen. Er hatte für den Abend eine Verabredung mit Olga und hasste es, sich zu verspäten. Er gewährte Stalin nur den Austausch weniger Figuren.

»Sie sind tatsächlich eine Kampfmaschine«, sagte Jossif Wissarionowitsch beim zweitletzten Zug. Verärgert.

Dann drehte er das Schachspiel herum.

Keiner hatte den Mut, einen Einwand zu erheben. Schiedsrichter gab es an diesem Nachmittag im Kreml keine.

»Sehen Sie, es passiert häufig, dass man für jemand anderen eine Partie spielt. Sie sollten nicht böse sein. Ich wähle immer Schwarz, und Sie haben im Grunde nichts anderes gemacht, als mir meinen Sieg ein wenig zu erleichtern.«

Capablanca wollte sich gerade seinen Mantel über den Arm legen und gehen, aber nun musste er doch noch einen Zug machen. Er sah sich die Situation genau an. Einen einzigen Zug, um das Matt zu vermeiden, das er so ungestüm vorbereitet hatte. Tausende von Kombinationen formierten sich in seiner Erinnerung. Ein Zug, nur ein Zug, um sich vor sich selbst zu retten. Mit je zwei Fingern massierte er seine Schläfen, um dann vierzig Minuten lang keinen Muskel zu bewegen. Bis ein Bauer ihm eine Möglichkeit aufzeigte. Es war eine unvorhergesehene Öffnung, eine verzweifelte Kapriole der Intelligenz. Aber sie konnte gelingen. Stalin übersah sie und hatte es eilig, Schach zu erklären. Der Bauer rettete Capablanca tatsächlich vor der Niederlage und schuf ein neues Gleichgewicht. Stalin entschied sich für die falsche Antwort. Wie Capablanca erhofft hatte. Ein weiterer Bauer trat ein Feld vor, und die Figuren standen sich spiegelbildlich gegenüber. Wie in einer Mozart-Partitur. Ein Kanon, den man auch im Krebsgang spielen konnte.

»Das ist nicht möglich«, sagte Stalin.

Wie immer er das Brett nun drehte, die Partie endete im Patt.

In der eingetretenen Stille erhob sich Capablanca, nahm seinen Mantel und verließ mit einem kindlich aufrührerischen Triumphgefühl den beflaggten Saal.

48

Unter den Geschichten aus Olgas Heimat gefiel ihm eine besonders gut, auch wenn sie eine Urangst in ihm auslöste. Wann immer die Übelkeit und der Schwindel ihn nachts nicht schlafen ließen, bat er sie, sie ihm wieder einmal zu erzählen. Sie handelte von der Gefangennahme des Räubers Schamil im Bergland von Dagestan. Olgas Urgroßvater, General Jewdokimow, war daran beteiligt gewesen, und jene Geschichte war den Kindern, Enkeln und Großenkeln überliefert worden, bis hin zu Olga.

General Jewdokimow war ein Veteran der kaukasischen Kriege. Seine Einheit hatte den Befehl erhalten, den Eingang einer Höhle zu bewachen, die am Rande eines Birkenwäldchens lag, und der General hieß seine Leute, sich hinter den Bäumen zu verstecken. Dann stieg er eine trockene, helle Felswand hinauf. Es war nicht nötig zu kämpfen. Schamil hatte nur wenige Krieger bei sich. Er kam als Erster aus der Höhle. Er trug einen großen, weißen Turban, und sein Bart reichte ihm bis auf die Brust. Ein Dutzend Gewehre war auf ihn gerichtet, doch niemand hatte den Mut, ihm den Dolch von seinem Gürtel zu lösen. Als er vor dem General stand, richtete er seinen herausfordernden Blick auf ihn.

»Sehen Sie mich gut an, Soldat«, sagte er nach ein paar Sekunden in einem Dialekt, den auch die Russen verstanden, »denn von nun an werde ich Ihnen jede Nacht in Ihren Träumen erscheinen und Ihnen die Kehle durchschneiden.«

Bei diesen Worten erschauderte Capablanca jedes Mal, als stünde Schamil vor ihm, im Dunkel des Zimmers, mit seiner tiefen Stimme und seinem langen, schwarzen Bart, die Hand auf dem Dolch und seine Augen härter als Stein. Doch Olga fuhr rasch in ihrer Erzählung fort. Sie beschrieb, wie Schamil nach Sankt Petersburg gebracht und in Ketten vor den Zar geführt wurde, wie sie sich in einem Salon des königlichen Palasts begegneten und wie der Zar beschloss, ihn in ein kleines, gottverlassenes Dorf in Russland zu verbannen … Es klang wie das Ende eines schrecklichen Märchens, das Olga stets mit einem leichten Kuss auf seine Lippen beschloss.

Doch seit einigen Monaten hatte Schamil wieder begonnen, Capablanca in dessen Albträumen zu erscheinen, als wäre er schließlich aus seiner Verbannung geflohen, um sich auf die Suche nach dem General zu machen, der ihn gefangen genommen hatte. In den Hotelfluren roch Capablanca seinen alkoholisierten Atem, erkannte sein Adlerprofil in jedem Mann wieder, der allein an einem Tisch saß … Er meinte sogar, ihn in dem kleinen Gasthof in Rio Preto bemerkt zu haben. Er wusste, dass er jetzt einen anderen Namen angenommen hatte, einen russischen, und keine Militäruniform mehr trug, sondern

Kleidung wie er, und dass er mächtige Freunde in Paris und Berlin hatte. Und dass er ihm bald ein letztes Mal begegnen würde, bei jener entscheidenden Partie unter dem Lampenschirm einer Wettkampfleuchte, die Schachuhren und die Notizblöcke in Reichweite, die Figuren zum Kampf gerüstet …

49

Als man ihm gesagt hatte, dass Aljechin den Titel an Max Euwe verloren hatte, hatte er voller Wut gegen einen Stuhl getreten, sodass er zerbrach.

»Dieser Holländer ist keinen einzigen Zug von Alexander wert«, hatte er geschrien. Es war das erste Mal, dass er ihn nach all den Jahren mit Vornamen nannte.

»Beruhige dich doch, José«, sagte Olga, »es ist vorbei, diese Geschichte ist vorbei.«

»Nein, noch nicht. Sie wird nie vorbei sein, solange er mir nicht gibt, was mir zusteht.«

»Warum, José? Du könntest als Nächster an der Reihe sein. Du musst nur deine Kandidatur einreichen, und schon wirst du der nächste Herausforderer sein. Binnen eines Jahres. Was meinst du? Euwe-Capablanca. Das wird ein schönes Spiel …«

»Nein, Aljechin ist es, den ich schlagen muss. Sie müssen bald einen Revanchekampf für ihn organisieren.«

»Nun, da er nicht mehr Weltmeister ist, werden sich auch seine deutschen Freunde von ihm abwenden, du wirst schon sehen.«

»Dieser Mann ist ein Dämon. Er wird sich den Titel

zurückholen. Sie werden ihm gewiss eine zweite Chance geben.«

»Du hast sie nicht bekommen, die zweite Chance.«

»Ich werde sie mir verdienen.«

»Du kannst sie jetzt schon haben.«

»Diese Niederlage hat ihn geschwächt. Sobald er den Titel wieder hat, kommt die Reihe an mich. Er wird mich nicht weiter ignorieren können.«

»Woher willst du wissen, dass er sich den Titel wiederholen wird?«

»Es reicht schon, wenn er nüchtern ist, das nächste Mal.«

»Ich würde keinen Dollar darauf verwetten. Der Alkohol wird ihm inzwischen das Blut vergiftet haben.«

»Er wird es tun, Olga, und wenn er es nur tut, um mir eins auszuwischen. Wenn Euwe Weltmeister bleibt, weiß er, dass ich der nächste Herausforderer sein werde. Deshalb wird er sich den Titel zurückholen.«

»Sofern sie ihm überhaupt einen Wettkampf bewilligen.«

»Hätte es mich nie gegeben, wäre er der größte Schachspieler aller Zeiten gewesen.«

»Das glaube ich nicht.«

»Es ist schwer, sich damit abzufinden. So viel Talent zu haben und dennoch Zweiter zu sein.«

»Lass uns gehen, José.«

»Deshalb trinkt er. Um sich mir nicht stellen zu müssen. Weil er weiß, wie es ausgehen würde. Im Grunde liebt er Schach mehr als ich.«

»Lass uns nach Hause gehen, José.«

»Euwe ist ein Gentleman. Er wird ihm die Revanche nicht verweigern.«

»Lass uns gehen.«

»Er tut, als gäbe es mich nicht, Olga, als hätte ich nie existiert.«

»Gehen wir.«

»Ich werde an den Präsidenten des Manhattan Chess Club schreiben. Sein Wort hat Gewicht.«

»Bitte, José.«

»Er liebt Schach mehr als ich, Olga.«

50

Wenn er an Buenos Aires dachte, kamen ihm immer Barbiersalons in den Sinn. Spiegelwände, die eine ordentliche, aber auch durchtriebene Stadt reflektieren, der ideale Ort, an dem die Menschen ihre Verrücktheit verbergen konnten. Im Gegensatz zu den Straßen von New York bargen die Avenidas stets einen rätselhaften Schatten.

Capablanca war seit Kurzem wieder dort, um die kubanische Mannschaft bei der Schacholympiade anzuführen. Und es war, als würde er nach vielen Jahren an den Ort seiner eigenen Ermordung zurückkehren. Olga hatte befürchtet, dass es bei ihm einen neuerlichen unkontrollierbaren Wutausbruch auslösen könnte, wenn er die Stationen seiner schmerzhaftesten Niederlage noch einmal Revue passieren ließ.

Aljechin war angemeldet. Er vertrat Frankreich, dessen Staatsbürgerschaft er angenommen hatte. Er schien gealtert zu sein. Doch diesmal hatte der Wettkampfplan an der Anzeigetafel sie nicht als Gegner vorgesehen.

Capablanca war während der gesamten Olympiade so ruhig wie schon lange nicht mehr. Er spielte tadellos und ging mit zehn Siegen, zehn Remis und einer meisterhaften Partie gegen Czerniak ungeschlagen aus dem Turnier hervor. Das war genau das Signal, das er dem Säufer hatte senden wollen. Eine Nachricht, die nur für einen einzigen Empfänger bestimmt war. Euwe war nur ein Zwischenspiel gewesen. Das wusste er. Bei der Revanche, die der Holländer ihm wie zu erwarten gewährt hatte, hatte Aljechin ihn vernichtet. Nun waren sie beide wieder an der Reihe. Der alte Sadist würde schon verstehen. Capablanca war bereit. Er erwartete ihn am selben Ort, an dem Aljechin ihm den Titel abgenommen hatte. Er würde ihn sich zurückholen, auch wenn abermals ein Weltkrieg dazwischenkäme.

Wieder in Buenos Aires. Im nächsten Frühling. Oder im darauffolgenden. Oder im übernächsten. Die Federación Argentina de Ajedrez hatte ihr Einverständnis erklärt. Jetzt hieß es nur noch, diese ärgerliche und unnütze Formalität hinter sich zu bringen, seinen letzten Streich. Aber er würde nur noch wenige Züge brauchen, um den bedeutungslosen Amerikaner zu schlagen, der ihm gegenübersaß.

51

Buenos Aires, 1927. Seit damals wiederholte er sich diesen Namen immer und immer wieder. Wie eine Hoffnung. Eine Erlösung. Die verheißene Wiedergutmachung. Die Stadt gefiel ihm. Sie ähnelte seiner Spielweise. Methodisch und unvernünftig zugleich. Geradlinig, aber unvorhersehbar. Wie er gewesen war, damals. Er hatte nie aufgehört, daran zu denken. Er war der Weltmeister. Ein Meister ohne Rivalen, schrieben die Zeitungen. Wenige Monate zuvor hatte er sie alle geschlagen, in New York, ohne eine Niederlage hinnehmen zu müssen. Im schönsten Wettkampf seiner Laufbahn. Die tödlichste Falle verberge sich immer in der Perfektion, sofern es einem gelinge, sie annähernd zu erreichen, hatte Lasker einmal gesagt. Hinterher hatte er wochenlang kein Schachspiel mehr angerührt. Er sagte, er müsse den Kopf freihalten, um alles geben zu können, wenn er ihn das nächste Mal brauchte. In der Zwischenzeit reiste er, spielte Tennis, lernte neue Frauen kennen.

In der Woche vor dem Wettkampf verbreiteten die argentinischen Presseagenturen eine Meldung, die keinen Zweifel über den Ausgang der Begegnung ließ: Binnen weniger Tage würde Capablanca die sechs Siege erringen, die er benötigte, um den Titel zu verteidigen.

Der Wettkampf begann an einem Septembermorgen. Ohne Zuschauer und Fotografen, wie die beiden Gegner es gewollt hatten. Durch die Straßen der Stadt pfiff ein trockener Wind, der hin und wieder von der feuchten Luft des Ozeans zerrissen wurde. Weiße Wolkengebilde senkten und erhoben sich am Himmel wie riesige Adler. Aus Gewohnheit begab sich Capablanca zu Fuß zum Austragungsort der Begegnung. Er durchquerte einen Park mit majestätischen Bäumen, deren Schatten die Erde schwärzten. Er ging über sie hinweg, ohne die kindliche Angst zu empfinden, die ihn früher immer ergriffen hatte, wenn er auf sie trat. Er hatte gut geschlafen und fühlte sich sicher und unverletzlich. In seiner ganzen Laufbahn hatte der Russe noch keine Partie gegen ihn gewonnen. Capablanca kannte sein Talent, so wie er sich selbst kannte. Aber ihm schien, als hätte er im Krieg Schaden erlitten, wie so vieles andere auch. Es würde noch Jahre dauern, bis er ihm tatsächlich Kopfzerbrechen bereiten würde. Falls ihm das je gelänge.

Allein seine zur Schau gestellte Gleichgültigkeit irritierte ihn. Als Aljechin das einzige Mal während der Eröffnungszeremonie eine Frage an ihn gerichtet hatte, hatte er es auf Russisch getan. Mit flackernden Augen, wie damals als junger Mann.

Talent ist eine zerbrechliche Gabe, und man kann es verlieren. Capablanca hätte gern daran geglaubt, an jenem Morgen, während er ihn beobachtete, doch er wusste, dass es nicht stimmte.

Er und Aljechin, allein sie beide würden sich gegenübersitzen.

Keine adlige Dame würde sie dieses Mal ablenken. Es würde keine gemeinsamen Hotelzimmer mehr für sie geben, in denen sie zusammen über dem nächsten Zug brüteten oder über einer neuen Verteidigungsstrategie. Das Holz der Figuren war schließlich zu Stein geworden.

Bei der ersten Partie spielte Aljechin mit Schwarz und gewann.

Vom Ton der anfänglichen Pressemitteilungen war in dem Artikel der amerikanischen Zeitschrift, die zweiundsiebzig Tage später in der ganzen Welt die Nachricht von Capablancas Niederlage verbreitete, nichts mehr zu spüren. Er beschrieb ihn, ganz zutreffend, als Mann, der, nachdem er von der Virtuosität und der Aggressivität seines Gegners überwältigt worden war, trotz allem so herzlich und großmütig gewesen sei, um am Ende der vierunddreißigsten Partie seine Abdankung zu verkünden, dem neuen Weltmeister die Hand zu schütteln und ihn zu umarmen.

Aber so war es nicht gewesen.

Weder im Pressesaal noch beim Schlussbankett ließ er sich blicken.

Der Rückzug Capablancas wurde mit einer knappen, nüchternen Mitteilung bekannt gegeben. Bereits nach der ersten Hälfte der Begegnung hatte Capablanca an den Präsidenten des Manhattan Chess Club geschrieben, man möge eine Vereinbarung für eine Revanche treffen. Es war ihm wichtig zu zeigen, dass es sich bei der Niederlage, die zu erleiden er im Begriff stand, nur um ein vorübergehendes, wenngleich demütigendes Missgeschick handelte, das auf seine instabile seelische Verfassung zurückzuführen war. Zwar hatte er bei der achten Partie wieder einen Stellungsvorteil errungen, aber Aljechin hatte ihn mit einem unaufhaltsamen Manöver überrascht. Seine Widerstandsfähigkeit war verblüffend. Doch sie hätte ihm nichts genützt, wäre Capablanca nicht wieder seinem aufbrausenden Gemüt erlegen. Wie in der Siegfriedsage, die er als Junge gelesen hatte. Wie damals gegen den Mann mit der eisernen Schädeldecke, dann gegen Corzo und schließlich gegen Lasker in Petersburg. Bereits bei der einleitenden Partie hatte ihn eine Vorahnung beschlichen. Die Rückkehr eines chronischen Leidens, von dem man geglaubt hatte, dass man für immer davon geheilt sei.

Bei der neunten Partie hatte er aufstehen müssen, um den Schiedsrichter sowie die wenigen anwesenden Personen um mehr Ruhe zu bitten und das qualvolle Gefühl des Unwohlseins zu verdrängen. Aljechin raubte ihm den Atem, bestürmte ihn mit seiner diabolischen Virtuosität, mit seiner furchtbaren Konzentration. Die Anstrengung hatte beim Russen eine Zahnfleischentzündung hervorgerufen, woraufhin er sich sechs Zähne ziehen lassen musste, um die Begegnung fortzuführen. Aber nicht er war es, der ihn schließlich bezwang. In dem Zustand, in dem er sich befand, musste Capablanca früher oder später einen unbegreiflichen Fehler machen, den zu erklären das ganze Leben nicht ausgereicht hätte. Ob bei der zwölften Partie oder bei der siebenundzwanzigsten. Er wartete nur darauf. Sein Enthusiasmus war ihm abhanden gekommen. Und das Glück. Nun, da er niemanden mehr auf seiner Insel hatte, dem er von seinen Taten hätte berichten können.

Er hob die Augen und erblickte den Mann, der ihm gegenübersaß. Die Feindschaft, die ihn antrieb. Die gelben Nikotinflecken auf den Fingernägeln.

Ein Fremder.

Er wurde sich dessen erst jetzt bewusst. So gut wie nie richtete er den Blick auf seine Gegner; lieber wendete er ihn dem Publikum zu oder schaute zum Fenster hinaus. Mit einem Mal nahm vor ihm ein tödlicher Rivale von raubtierhafter Gewandtheit Gestalt an. Bis jetzt hatte er nichts anderes getan, als gegen eine körperlose Stellvertreterhand zu kämpfen, wie Morphy in der Anstalt von New Orleans.

Er spürte, wie sich ihm der Magen zusammenzog. In diesem Moment wurden auch Raum und Zeit plötzlich fassbar.

52

Die ersten Vorboten erkannte er, als der Amerikaner beschloss, das Spiel durch den Austausch rangniedriger Figuren zu vereinfachen. Er griff den Damebauern an und rief die unvermeidliche Kettenreaktion hervor: Capablanca hob mit zwei Fingern einen weißen Bauern vom Brett. Es folgte ein Austausch von Springern und Läufern, bis der Amerikaner rochierte.

Der Sturm hatte weniger als eine halbe Stunde gedauert, jedoch das Feld gelichtet und die Situation klarer werden lassen. Xavier hatte das ganze Hin-und-her-Schieben und gegenseitige Wegnehmen der Figuren mit begierigem Blick verfolgt. Jetzt besaß Capablanca einen Springer mehr als sein Gegner und konnte beherzt seine weiteren Operationen in Angriff nehmen.

Und doch hatte ihm dieses unbedeutende Gefecht eine unvorhergesehene Erschöpfung eingetragen. Er begann zu schwitzen und spürte, wie sein Atem ins Stocken geriet. Es schien ihm, als würde ein unkontrollierbarer Krampf seine Finger umklammern. Er war gezwungen aufzustehen. Er ging ein paar Schritte zum hinteren Teil der Halle. Das Publikum beobachtete ihn, ohne dass jemand eine Bemerkung fallen ließ – sein Schweigen rührte sie.

Der Amerikaner blieb allein am Tisch sitzen, ohne den Blick vom Schachbrett zu heben. Xavier hatte Angst. Capablanca ging an der Mauer entlang und sah wieder zu einem der Fenster hoch, um nach draußen zu blicken. Er wusste, dass er die Konzentration hatte sprengen müssen, auch wenn er Gefahr lief, sich zu sehr vom Spiel zu entfernen; tatsächlich gelang es ihm nicht mehr, seine Gedanken auf eine Manövertaktik festzunageln. Er hätte dringend die geistige Wendigkeit gebraucht, die er in jungen Jahren besessen hatte, wusste sie jedoch nicht wiederzuerlangen. Er hatte die Partie schon auf den richtigen Weg gebracht, aber hatte er auch die Kraft, sie zu Ende zu führen?

Der Amerikaner wartete geduldig, dass er sich wieder setzte. Diese ganze Unruhe, diese seltsam unwirkliche Sporthalle und die Meeresluft, die man atmete, störten ihn nach wie vor und lösten eine übertriebene Anspannung in ihm aus. Es beruhigte ihn nur, dass er sie auch bei seinem undurchschaubaren Gegner wahrnahm. Nachdem er lange nachgedacht hatte, zog der Amerikaner einen weiteren Bauern, um es sogleich zu bereuen.

Capablanca beobachtete den Fehler und empfand dabei eine gewisse Traurigkeit. Man konnte mehr erwarten von einem, der den Weltmeistertitel anstrebte. Jetzt würde es beinahe schon zu leicht sein, die Schwäche auszunutzen, die der andere in der Mitte des Feldes hervorgerufen hatte. Zeit und Position. Alles war wieder transparent. Er würde ihn mit einer listigen Kombination besiegen, die er schon einmal, vor fast dreißig Jahren, bei einem Anfänger angewendet und Zug für Zug in seiner Erinnerung bewahrt hatte. Er zog die Dame gleichauf und begann, seine Aktion auf die gegnerische Seite zu konzentrieren.

Der Amerikaner hatte nicht damit gerechnet. Er verstand offensichtlich nicht, was Capablanca beabsichtigte, witterte aber die Gefahr. Daran hatte er über dem Atlantik nicht gedacht. Er versuchte, sich vorsichtig zu verteidigen und den Vorstoß des gegnerischen Springers mit einem Läufer abzuwehren. Doch er hatte bereits das Gefühl, gehetzt zu werden.

Was wohl die Spinne macht, fragte sich Capablanca. Ob sie es geschafft hat, sich aus der Wanne zu befreien, oder ob sie immer noch reglos vor der unüberwindlichen milchigweißen Mauer verharrt?

53

Mit Olga sprach er so gut wie nie über Schach. Nur wenn es sich partout nicht umgehen ließ. Oder er sich nicht mehr unter Kontrolle hatte. Es sei eine Art, sie zu beschützen, sagte er. Dieses Spiel verdiente weder Erklärungen noch langes Gerede. Aber nicht seiner Gewalt wegen. Die Frauen hatten so viel von ihr ertragen, dass sie sie schließlich selbst erlernt hatten. Das, was ihnen am Schach bedrohlich vorkommen musste, war in Capablancas Augen die Verbissenheit, dieses männliche Sich-Duellieren, das Zögern und Zaudern und die Rache. Und dass man als einzigen Spieleinsatz die feste Überzeugung der eigenen Überlegenheit einbrachte.

Olga war eine intelligente Frau. Sie kaufte ihm gelbes Papier, auf das er die Lektionen fürs Radio schreiben konnte – ein Auftrag, den sie ihm besorgt hatte. Vollkommen still saß sie da und beobachtete ihn stundenlang, wie er verschiedene Positionen auf dem einzigen Schachspiel studierte, das er je besessen hatte. Das Schachspiel des Peter Pan von New Orleans, wie er es bezeichnete. Und wenn er müde war, bot sie ihm an, seine Notizen auf der Schreibmaschine abzutippen, auch wenn sie weder die

Regeln kannte noch des Spanischen mächtig war. Allein, um ihn reden zu hören.

Ihr zuliebe hatte Capablanca wieder zu spielen begonnen.

»Ich will nicht ebenfalls wegen ein paar Holzfiguren verlassen werden«, hatte sie einmal gesagt. »Versprich mir, dass du wieder anfängst.«

»Warum?«

»Weil ich dich wieder bei der Arbeit sehen will, José.«

Doch nach Holland hatten sich die Dinge verändert. Niemand wollte ihm mehr zuhören. Die Leute sagten, dass so viele Jahre höchster Konzentration und Anstrengung seine Geisteskraft beeinträchtigt hätten. Das Turnier der »Algemene Vereniging Radio Omroep« sei nur das erste aufsehenerregende Indiz dafür gewesen: In seiner Karriere war er noch nie unter fünfzig Prozent der Punktzahl gesunken. Von vierzehn Spielen, die in einem kleinen Dorf in der Nähe von Amsterdam und weiteren Städten der Niederlande ausgetragen wurden, hatte er gerade einmal zwei gewonnen, acht mit Remis beendet und vier verloren. Immer wieder hatte er sich vom Tisch erheben müssen, um etwas zu trinken oder die Beine zu bewegen, und hatte pochende Kopfschmerzen verspürt, die ihm Falten auf die Stirn trieben. In gewissen Momenten erschien er abwesend, als befände er sich im Geiste an einem anderen Ort, in einer anderen Zeit. Die Leute konnten sehen, wie er ein paar Mal kurz vor Ende einer Begegnung in Ohnmacht zu fallen drohte. Wie er blass wurde und sich auf seinen Wangen ein Netz aus violetten Haargefäßen abzeichnete. Jemand wollte gar nachts seine Stimme erkannt haben, als er aus einem Hotelzimmer hysterische Schreie vernommen hatte. Viele rieten ihm, sich aus gesundheitlichen Gründen zurückzuziehen und sich für eine gewisse Zeit in eine Klinik einweisen zu lassen. Ein Arzt, der kein Blatt vor den Mund nahm, führte ihm die Gefahren des Bluthochdrucks vor Augen. Und verbot ihm jede Teilnahme an einem Wettkampf oder Turnier. Und auch den Besuch von Nachtclubs, das Rauchen sowie Baseball oder Tennis zu spielen. »Es sei denn, Sie wollen sich unbedingt frühzeitig von der Bühne verabschieden.« So hatte er gesagt.

Olga hatte ihre Handtasche geöffnet und eine Zigarette hervorgeholt. In den folgenden Wochen verlangte sie nichts von ihm. Verzichtete auf Ermahnungen. Doch manchmal las er jene Frage in ihren Augen. Es handelte sich nicht mehr nur um ihre Ehe. Er konnte ihr nicht antworten. Vielleicht war auch Olga, seine Olga, nur der Faszination des eleganten und genialen Spielers erlegen, so wie man sich von einer Maske verzaubern lässt. Oder einem Vermögen. Und nicht von einem Schicksal, das man nicht einfach ablegen kann. Capablanca hätte es ihr gern begreiflich gemacht, in klaren Worten wie im Film von Pudowkin. Doch er wusste, dass es zwecklos gewesen wäre.

»Ich kenne meine Krankheit«, sagte Capablanca eines Abends zu ihr.

»Gut, dann lass sie behandeln.«

»Nein, ich kann nicht. Zuerst muss ich zu Ende bringen, was ich begonnen habe.«

»Du wirst daran sterben, José.«

»Dann werde ich eben daran sterben. Ich war schon als kleines Kind krank, kein Arzt könnte mir je helfen.«

»Ein Arzt würde dir helfen, dich von diesem Wahnsinn zu befreien.«

»Er würde nur bewirken, dass ich früher sterbe.«

»Hör auf damit, ich ertrage dieses Gerede nicht.«

Capablanca trat aus dem Halbschatten der Markise, unter der er stand. Das Licht irritierte ihn. Mit den Augen bat er sie um Verzeihung und sandte ihr sein unwiderstehliches Lächeln, eines seiner letzten.

54

Die einzige Konzession, die Olga ihm nach dem katastrophalen Turnier in Holland abrang, war die, dass er sich zu einem einwöchigen Aufenthalt in ein Thermalbad in der Schweiz, am Ufer des Rheins, begab. Ein befreundeter Psychoanalytiker, der eine Praxis in Zürich unterhielt und mit Hilfe von Schach mit verhaltensgestörten Kindern arbeitete, hatte es ihr empfohlen.

»Ehe sie beginnen, ihn von seiner Besessenheit zu reinigen, reinigen sie seine Nieren und Leber«, hatte er zu ihr gesagt. »Das wird ihm guttun, Sie werden sehen.«

Das Hotel, in dem sie in Bad Zurzach wohnten, war bevölkert von deutschen Juden und Franzosen. Man sprach von nichts anderem als von dem gewaltigen Stimmenzuwachs, den Adolf Hitler bei den letzten Wahlen verbucht hatte, und von dem bevorstehenden Krieg. Draußen gab es eine Holzlaube, wo man sich tagsüber ausruhte oder Zeitung las. Capablanca verbrachte die gesamte Zeit auf einer Liege und starrte auf den Boden. Olga hätte ihn am liebsten geschüttelt und aus seiner Lethargie gerissen, aber jedes Mal, wenn sie sich ihm näherte, hatte sie das Gefühl, einen verbotenen Raum zu betreten. Dann nahm auch sie sich eine Chaiselongue, rückte sie schweigend einige Meter entfernt neben ihn und zwang sich, mit der gleichen Intensität auf den Boden zu starren. Doch für sie nahm auf den glänzenden, mehrfarbigen Fliesen keine Partie Gestalt an. Kein Kombinationsspiel tat sich vor ihren Augen auf. Vielleicht hätte sie gut daran getan, in New York zu bleiben und sich an seine Abwesenheit zu gewöhnen.

55

Nachdem er sein ganzes Leben lang das Schachspiel so betrachtet hatte, dass sich jede Figur im Schutz ihrer jeweiligen Umgebung befand, hatte Capablanca begonnen, sich zu fragen, welche Beziehungen zwischen den Bauern einer Farbe bestanden. Die Beziehungen zwischen jenen mit heller und jenen mit dunkler Farbe waren für ihn einfacher zu durchschauen. Gegnerische Linien, die sich nach einem Schema gegenüberstanden, das er schon Tausende von Malen studiert hatte. Aber innerhalb einer Farbe, auf der einen Seite des Bretts, was vereinte da einen Bauern mit einem anderen? Was für ein Band gab es zwischen einem Springer und einem Läufer, zwischen zwei Türmen, zwischen der Dame und dem König …? Jede Hälfte eines Schachspiels beschrieb das Kräftespiel, das innerhalb einer Familie oder eines Heeres herrschte. Man musste nur lernen, es zu lesen. Mit seinen formalen Regeln, der Bandbreite an Varianten, den Aktionsradien und, schließlich, der Gewissheit, dass irgendwann ein Fehler auftreten, sich ein Spalt auftun würde. Ein Bruch, den kein König vorauszusehen und rückgängig zu machen im Stande sein würde.

In Holland hatte er oft mit einer Hand in der Luft dagesessen, unsicher, welchen Zug er ausführen sollte. In Wirklichkeit ging es nicht um die Sicherheit, die ihn einst in aller Welt so berühmt gemacht hatte und die ihm zusehends abhanden kam. Die Wahrheit war, dass er seinen Läufern nicht mehr traute, Angst hatte, dass sich die Springer und Türme gegen ihn verschwören würden. Es war ein ungekanntes Gefühl. Als wäre ihm auf einen Schlag seine eigene Hand fremd geworden oder gar feindlich gesinnt.

Wenn er sich mit den Niederlagen Morphys und anderer großer Meister befasste, so konnte er nie genau sagen, an welchem Punkt das Nachlassen seinen Anfang genommen hatte. Was es verursacht hatte, vermochte er nur mit seinem Verstand zu erfassen. Eine Kette von Ursachen und Wirkungen. Doch diesen Analysen fehlte immer etwas. Er wurde den Verdacht nicht los, dass es sich um eine Krankheit handelte, die sich erst zeigt, wenn es zu spät ist, um mit der Behandlung zu beginnen. Eine Vergiftung des Organismus. Der Hinterhalt wurde nicht von außen gelegt, da war er sich sicher. Alle Partien, die er verloren hatte, waren einem inneren Zusammenbruch zuzuschreiben und nicht dem Vorstoß der gegnerischen Offensive. Er hatte verloren, weil das Gleichgewicht zwischen seinen sechzehn Figuren gestört worden war und er nicht im Stande gewesen war, es wiederherzustellen. Wegen eines Aktes des Widersetzlichkeit oder des Verrats.

Vielleicht war er dabei, verrückt zu werden. Wie jener andere Russe, dem er einmal in Berlin begegnet war, ehe der Wahnsinn sein Talent trübte, der jedoch schon nicht mehr hatte spielen können. Luzin hieß er. Oder wie Morphy. Vielleicht hatte seine Angewohnheit, die mögliche Gefahr zu visualisieren, auch seinen Mut und Verstand infiziert. Doch was bewirkte die Dynamik der Ereignisse? Wie viele Opfer vollzogen sich in jeder Linie, jeder Reihe, jeder Diagonale? Welche Allianzen wurden geschmiedet, welche Formen von Neid traten auf? Wer war in den Pattpositionen die Geisel von wem?

Es war ein Spiel, in dem Vermittlungsgeschick gefragt war, ein Spiel für Akrobaten und Diplomaten, wie er es einmal gewesen war.

In der Nacht vor der Begegnung von Rio Preto summte ihm, obwohl Olga neben ihm schlief, die Einsamkeit in den Ohren wie die Gezeiten, wie das beharrliche Brummen in einer verschlossenen Muschel. Das gleiche Geräusch, das auch Aljechin in Paris, oder wo er gerade war, wahrnehmen musste. Es gelang ihm nicht einzuschlafen, aber nicht nur wegen des Weins, den er getrunken hatte. Ihm war wieder eine Frage in den Sinn gekommen, die sie sich eines Abends im Scherz gestellt hatten, in Petersburg. »Was träumt ein Bauer?«, hatte ihn der Russe gefragt, und damals hatte die Frage sie beide amüsiert. Jetzt, zwanzig Jahre später, kam ihm die Geschichte noch rätselhafter, ja feindselig vor. Und für kurze Zeit hatte er in dem ärmlich möblierten Zimmer den Eindruck, verstanden zu haben. Sein Wesen verändern. Das achte Feld auf der anderen Seite des Brettes erreichen. Sich nicht mit dem Unglück seines Standes abfinden. Der Schlüssel von allem lag in der Sehnsucht nach einer Metamorphose, im Traum des Bauern, sich in die Dame zu verwandeln.

56

Die letzten Gerüchte über ihn hatte er in Paris gehört. Er habe noch zwei Mal geheiratet, und jede der Frauen sei um einiges größer als er; er züchte Katzen, fröne noch immer dem übermäßigen Genuss von Alkohol, Nikotin und Betäubungsmitteln und verspiele Unsummen beim Roulette in Pigalle. Viele wollten ihn auf den Zeitungsfotos wiedererkannt haben, die an dem Tag aufgenommen worden waren, als die deutschen Truppen zu den Klängen des *Pariser Einzugsmarschs* in der Champs-Élysées einmarschierten.

»Er saß auf der Ehrentribüne«, sagten sie.

Und wiesen mit dem Zeigefinger auf die Aufnahme.

Ein kleines, undeutliches Gesicht in der Menge.

Einige wagten sogar die Vermutung auszusprechen, von Küchler, der kommandierende General der XVIII. Armee, habe ihn als Strategen für den Okkupationsfeldzug gewinnen wollen. Nur seinem Genie sei es zuzuschreiben, dass die Maginot-Linie so plötzlich gefallen war. Und man vermochte nicht zu sagen, ob es scherzhaft gemeint war oder ernst.

»Es muss für ihn ein Kinderstreich gewesen sein, ihnen

zu sagen, wie sie diese unnütze Betonmauer überwinden könnten.«

»Eine Offensivstrategie, wie er sie in zahlreichen Partien angewandt hat. Erinnert ihr euch an die gegen Bogoljubow in Berlin?«

»Panzereinheiten und Luftwaffe.«

»Das war gewiss sein Vorschlag.«

»In Deutschland ist er berühmt wie ein Filmstar.«

»Er hat in allen Turnieren geglänzt, die die NSDAP für arische Spieler organisiert hat.«

»München, Salzburg, Krakau …«

»Es heißt auch, er habe mit verbundenen Augen in einer Kaserne gegen den Generalgouverneur von Polen, Hans Frank, und dessen gesamten Generalstab gespielt.«

»Wäre bestimmt eine unterhaltsame Aufführung gewesen, wenn sie bei uns stattgefunden hätte: ein Mann, der blind spielt, mit einem Taschentuch um den Kopf, und um ihn herum eine Reihe Militärs in Uniform, und das Ganze in einem mit Adlern und Hakenkreuzfahnen geschmückten Saal.«

»Ein groteskes Folterschauspiel.«

»In dem zur Abwechslung der Gefolterte gegen die Folterknechte wütet.«

»Ein paar Tage später wurde seine Wohnung ausgeplündert. Aus Versehen, natürlich.«

»Ja, es ist wirklich schade, dass er sich entschieden hat, am Aufbau des Reichs mitzuwirken.«

»Vielleicht hatte er keine Alternative.«

»Es gibt immer eine Alternative, und ein Schachspieler müsste das besser wissen als jeder andere.«

All dieses Gerede hörte Capablanca während der langen Nachmittage, die er in Manhattan, im Club, zubrachte. Aber ohne sich je einzumischen. Wenn man ihn nach seiner Meinung fragte, zuckte er die Schultern und drehte den Kopf zur Seite. Als ginge ihn die Angelegenheit nichts an. Abgesehen von Schach war inzwischen alles unbegreiflich geworden, für ihn wie auch für Aljechin: der Krieg, der Frieden, die Demokratie, die Regierungen …

Nun, da Paris zur offenen Stadt geworden war, stellte er sich vor, wie Aljechin in seinem grauen Wollmantel aus dem Grand Hôtel auf die Place de l'Opéra trat, die Tuilerien überquerte, auf einer der Seine-Brücken stehen blieb und abends die Comédie-Française, das Hébertot oder das Café de la Régence besuchte, wo er, wie es hieß, sein Hauptquartier aufgeschlagen hatte. In der Tasche einen auf seinen Namen ausgestellten Passierschein. Befristeter Ausweis Nr. 051739. Herr Alexander Aljechin. Ein Ablaufdatum war nicht eingetragen. Am unteren Rand der mit Tinte geschriebenen Zeilen, gut zu erkennen, der runde Stempel der Stadtkommandantur, der mit dem Adler.

Mit geschlossenen Augen folgte Capablanca ihm Schritt für Schritt bis ins Theater, wo er sich in einen Sessel sinken ließ – nie zuvor war die Saison in Paris so glanzvoll gewesen –, und anschließend in die rauchgeschwängerten Nachtlokale. Er sah, wie sich die Enden seines Schnurrbarts mit Rum tränkten und Barfußtänzerinnen und Chansonetten wie Rosa Fröhlich oder Lola Lola zu ihm an den Tisch kamen und ihn in ihr Umkleidezimmer einluden, sah Männer mit aufgeknöpfter Weste, deren Bauch sich unter dem Hemd wölbte, die zu den Kunststücken der Clowns, Akrobaten und Vaudeville-Schauspieler lachten. Die Atmosphäre war von einer unbändigen Euphorie erfüllt. Jeden Abend ein neues Spektakel. Je voller das Lokal, desto extravaganter die Darbietungen. Als hätten sich sämtliche Theaterkompanien Europas, seien es Laiengruppen, Kabarettensembles, Straßenkünstler oder Musiker, in der Exhauptstadt des alten Kontinents ein Stelldichein gegeben und als hätte man dort keine Pflichten mehr und keine Verantwortung, als wäre Paris zu einer Endzeitstadt geworden, in der es nicht mehr viel zu leben und zu verlieren gab und man endlich der kurzlebigen Natur der Dinge frönen konnte.

Nun, im selben Moment, da er sich diesem anmaßenden, unbegabten Amerikaner stellte und mit dem Handteller den goldenen Knopf der Wettkampfuhr drückte, um einen weiteren Zug anzuzeigen, erwachte Aljechin wahrscheinlich gerade in einem Bordell des Quartier Latin, eine Flasche Courvoisier am Fußende des Bettes. Seit Buenos Aires hatte sich auch ihre Zeit verkehrt. Ihm war der Sand des Verfolgers geblieben, der sich als Erstes verbraucht, den der kleinste Windhauch aufwirbelt, der im Mund knirscht und ausgespuckt wird, der Sand dessen, der keine Zeit mehr hat, etwas auszuprobieren, dem keine Verteidigung mehr geblieben ist und kein Angriff … Aljechin hingegen war der Teil der Sanduhr geblieben, der sich füllt, die überschüssigen Stunden, der Gewinn einer Freiheit, die ihm nicht gehörte. Aljechin der Dieb. Aljechin der Schwindler. Aljechin der Despot. Seine Zeit war gestohlen, wie der Reis, den die Vögel auf seiner Insel erbeuteten. Capablanca würde ihn zur Rechenschaft ziehen, früher oder später. Aber im Moment waren die Dinge, wie sie waren. Seit fünfzehn Jahren hatten sich die Seiten verkehrt. Jeder von ihnen lebte die Zeit des anderen.

57

Und doch kam ihm von Zeit zu Zeit der Verdacht, dass auch sein Todfeind müde war. Einer, der nicht länger versuchte, sich selbst zu überleben, der seine ganze Energie in den Unbilden zweier Kriege verbraucht hatte und sich jetzt vom Strom treiben ließ; einer, der rassistische Artikel schrieb, obwohl er nach wie vor mit jüdischen Schachspielern verkehrte; einer, der mit einer alten fetten Amerikanerin zusammen war, wie man Capablanca erzählt hatte, an der er seinen Sadismus weiter auslebte, während er in Wahrheit zu ihrem Untertan geworden war. Die Katzen, nur die Gesellschaft der Katzen ertrug er noch. Im Grunde war die Flucht sein Schicksal gewesen. Eine fortwährende Flucht. In einem unaufhaltsamen Strudel, der immer neue Formen annahm. Flucht aus Lazaretten und Gefängnissen, Flucht vor Revolutionen, Flucht aus der Heimat, Flucht vor den Frauen und auch vor den Männern, Flucht vor einem Kubaner namens José Raúl Capablanca und bald darauf Flucht vor den eigenen Worten und Handlungen, vor den anderen Sadisten, die die Welt bevölkerten. Auf der Flucht würde er sterben, dachte Capablanca, als Fremder in einem fremden Land, in der späten

Hoffnung, einen weiteren Pass zu erwerben. Als Fremder und im Elend lebend, nachdem er abermals in diesem neuen Krieg die gesamten Einkünfte verloren hatte, die ihm durch das Schachspielen zugeflossen waren.

Doch zwischen ihnen änderte das nichts. Allenfalls warf es ein anderes Licht auf ihren Wettstreit, als wäre er nunmehr zu einer rein persönlichen Angelegenheit zwischen ihnen geworden. Aber das war nicht wichtig. Wo er sich auch versteckte und zu welchem Menschen er auch geworden war, Capablanca würde ihn finden.

Der Amerikaner zog einen Springer und dann seine Dame, ehe er einen Turm in die Mitte platzierte. In einem spektakulären Zug durchquerte Capablanca mit seiner Dame das gesamte Feld, wechselte auf die andere Seite, brachte seinen zweiten Läufer heraus und stellte sich dem weißen Turm entgegen, während er seinen verlor und gerade mal einen Bauern gewann. Das Publikum kannte die Regeln zwar nicht, las aber in der Miene des Amerikaners, dass er offensichtlich Grund zur Freude hatte. Vielleicht dachte er, Capablanca sei eine weitere Unaufmerksamkeit unterlaufen, wie immer häufiger bei seinen Auftritten in der letzten Zeit. Er irrte sich: Es war die Einleitung eines Angriffs, der in fünf Zügen zum Ende führen würde.

Den Rest sah Capablanca voraus: Der Amerikaner würde seinen Turm in die letzte Reihe ziehen, um dann den Springer an dessen Stelle zu setzen; er würde zwar seinen Läufer entwenden, dafür aber seinen eigenen Turm preisgeben; danach würde er seinen König auf das letzte Feld zurückschieben, wo er ihn in Sicherheit wähnte, woraufhin Capablanca ihm mit seinem verbliebenen Springer Schach bieten würde.

Dann fehlten nur noch zwei weitere Züge, und der Tanz wäre vorbei.

Überraschend würde er ihm mit der Dame den Läufer abnehmen und sie ungedeckt lassen. An diesem Punkt würde der Amerikaner ihm in die Falle gehen und mit diebischem Vergnügen die gegnerische Dame mit der Faust umschließen, im Glauben, soeben den entscheidenden Schlag ausgeführt und den Kontrahenten zu einem schwerwiegenden Fehler verleitet zu haben, ohne indessen zu ahnen, dass es sein letzter Zug gewesen war. Denn Capablanca würde ihm mit dem Springer, den er noch im Spiel hatte, endgültig Schach erklären, indem er ihm einen einfachen Bauern raubte. Dem König würde keine Möglichkeit mehr bleiben: Wenn der Turm, der vor ihm stand, den Springer vernichtete, würde der schwarze Turm ihn schachmatt setzen; wenn er den König bewegte, würde der Springer die Dame schlagen, und Capablanca würde aufgrund seiner Figurenüberzahl gewinnen.

Doch er hatte nicht mehr die Zeit, die Aktion in Angriff zu nehmen, denn ein plötzlicher Krampf durchzuckte seine Stirn.

58

Mehrere Male hatte er daran gedacht, die Regeln zu verändern und neue Figuren einzuführen. Ein Fabeltier oder aber ein Symbol für den modernen Krieg. Er spürte, dass dieses uralte Spiel noch immer, und zwar auf höchst dramatische Weise, das menschliche Schicksal darstellte, doch dass es Zeit war, dieses Schicksal zu ändern. Vielleicht könnte man einen Engel aus Holz schnitzen und ihn im Tiefflug über jede in einem Remis geendete Partie schweben lassen, um wenigstens im Spiel den Frieden zu simulieren. Er wusste nur zu gut, dass man sich am Ende an das Leben klammerte und dass nicht einmal die Musik oder eine vollkommene Partie einem die Illusion vermitteln konnte, seines Schicksals enthoben zu sein.

Er stellte sich ein Schachspiel mit hundert Feldern vor. Zehn Felder je Seite. Ein größeres, genaueres Brett als jenes, das es seit Jahrtausenden gab. Man musste nur zwei Reihen hinzufügen sowie zwei Bauern und zwei neue Figuren je Gegner, von denen eine die kombinierte Bewegungsart von Springer und Läufer und die andere die von Springer und Turm besitzen würde. Er würde sie *el arzobispo y el canciller* nennen, der Erzbischof und der Kanzler, denn bei einem Krieg gab es stets auch Priester und Premierminister. Einer würde neben der Dame Platz nehmen, der andere an der Seite des Königs. Hundert Felder, um Duelle auszufechten, die an die hinreißendsten Partituren von Bach erinnern würden. Voll mutigem Schwung und mathematischem Elan. Wo es endlich wieder Platz für seine Fantasie gäbe. Und er neue Eröffnungen wagen könnte, neue Strategien, neue Endspiele. Ansonsten wäre es an der Zeit, dem König seinen knorrigen Hals zu brechen, sämtliche Bauern wegzuschließen und alle Schachbretter in einen Fluss zu werfen.

Als könnte man tatsächlich von diesem bitteren Zwang des Wettstreits geheilt werden.

59

Der Erste, der ihm zur Hilfe eilte, war Xavier. Der Kubaner hatte sich zusammengekrümmt und war langsam, wie ein einstürzender Turm, auf die bloße Erde der Halle gesackt. Eine unnatürliche Stille hatte seinen Fall begleitet. Die Bauern von Rio Preto hatten sich die Fingernägel in die Haut gegraben, um ja keinen Laut von sich zu geben. Nur der Amerikaner war erschrocken aufgesprungen und hatte mit Entsetzen beobachtet, wie die Schachfiguren, vom Arm seines Gegners weggefegt, zu Boden fielen. Xavier hatte vergeblich versucht, Capablanca auf den Rücken zu drehen, bis es schließlich einem Landarbeiter aus Santarém gelang, der in einer der ersten Reihen gesessen hatte. Er schob ihm eine Hand unter den Nacken und bettete behutsam seinen Kopf auf die Erde, dann lockerte er ihm die Krawatte und knöpfte seine Weste auf. Die Augen des Fremden waren nach oben verdreht, er war bewusstlos. Um ihn herum bildete sich ein Kreis aus angespannten und besorgten Gesichtern. Der Schiedsrichter, den der Schachweltverband geschickt hatte, um den ordnungsgemäßen Verlauf der Begegnung sicherzustellen und das Ergebnis zu übermitteln, hatte sich noch nie in einer vergleichbaren Situation befunden. Zwar hatte er erlebt, wie ein Spieler einen hysterischen Anfall erlitt, dass man seine Entscheidungen anfocht, sogar wie jemand geohrfeigt wurde, aber nie, wie einer der Gegner in Ohnmacht fiel oder kollabierte. Man hatte ihm vom epileptischen Anfall eines russischen Jungen erzählt, der untröstlich geweint hatte, als man das Spiel abbrach. Doch diesmal fürchtete er etwas viel Ernsteres. Bereits einige Minuten zuvor hatte er bemerkt, dass das Gesicht des Kubaners eine auffällige Müdigkeit erkennen ließ. Seine Hände waren ihm schlaff vorgekommen, sein Ausdruck wirkte irritiert und erschüttert. Er hatte über Capablancas heiklen Gesundheitszustand gelesen, aber geglaubt, dass es sich nur um eines der üblichen Täuschungsmanöver des Metiers handelte. Ein Kollege hatte ihm erzählt, er habe drei Jahre zuvor in Holland mehrmals das Gefühl gehabt, Capablanca gehe die Kraft aus und könne jeden Moment ohnmächtig werden, doch er hatte dem Hinweis keine weitere Beachtung geschenkt.

Der jetzige Vorfall erschien wie die traurige Kohärenz all dessen. Der Schiedsrichter versuchte, sich dem Exweltmeister zu nähern. Er fürchtete einen Skandal und dass es eine Untersuchung geben würde. Doch im selben Moment öffnete der Kubaner die Augen.

Capablanca blickte um sich und konnte sich zunächst an nichts erinnern, weder an seinen Namen noch an Olgas Hüften oder ihre leuchtenden Haare noch an ein Endspiel mit Dame und Turm. Er sah sich umgeben von unbekannten bäuerlichen, sonnengegerbten Gesichtern. Ein Kind drückte seinen Arm. Er erhob sich mit äußerster

Anstrengung. Der Amerikaner fragte ihn in seiner Sprache, wie er sich fühle, ob ihm irgendwo etwas wehtue. Er deutete auf seinen Kopf. Nur der Kopf. Dort spürte er ein Brennen, an den Schläfen. Der Schmerz ließ seine Augen feucht werden. Zu seinen Füßen schaukelte noch der zerbrochene Rumpf eines Läufers.

Der Schiedsrichter suchte den Blick des Amerikaners: Die Begegnung würde nicht fortgesetzt werden.

60

In seinem Zimmer waren die Vorhänge zugezogen, die Lampe war ausgeschaltet. Doch das Sonnenlicht rieselte wie Sand durch jede Ritze. Capablanca saß in einem Sessel. Er schwitzte. Er hatte eine Decke über den Beinen, mit einer Hand massierte er sich die Stirn und beschattete seine Augen. Seit Tagen hatte er nicht gesprochen. Er trank und aß, was Olga ihm auf einem kleinen Tablett brachte. Doch seine Lippen waren stets trocken.

»Du hast Besuch«, sagte Olga.

Sie war bemüht, ihre Stimme sicher klingen zu lassen.

Capablanca gab ihr mit einem Handzeichen zu verstehen, dass sie niemanden hereinlassen solle.

»Es ist ein Kind«, fügte sie hinzu.

Sie war noch immer schön, mit dem Haar, das ihr unordentlich über die Schultern fiel. Doch ihr Ausdruck hatte nicht mehr die ansteckende Begeisterung von früher, der jeden in ihren Bann gezogen hatte, der sie zum ersten Mal sah.

Olga ging zur Eingangstür und kam mit Xavier zurück. Das Kind setzte sich auf das blaue Sofa, ohne etwas zu sagen. Capablanca nahm die Hand von den Augen.

Dass alles in der abgestandenen Luft eines Hotels enden sollte, hatte keinen Sinn. Aber es musste geschehen, früher oder später. Capablanca wusste es, ebenso wie Olga.

»Dieses Kind hat dir geholfen, als du dich schlecht gefühlt hast.«

Capablanca zwang sich, den Jungen anzuschauen. Es war derselbe, der während der Begegnung vor ihm gesessen hatte. Auch in Buenos Aires, bei der Schacholympiade, war immer einer gekommen, den die Freunde *el fuser* nannten und der später unter dem Namen Che Guevara Berühmtheit erlangen sollte. Ein zehnjähriger argentinischer Junge. Er hatte sich keine Partie entgehen lassen. In seinem Blick hatte etwas Dämonisches gelegen, ein zwanghafter Drang nach Gerechtigkeit.

Dieser hier war jünger. Seine Augen waren schwarz, von der gleichen Farbe wie die Spinne in der Badewanne. Hosenträger über dem gestreiften Pullover. Und Armmuskeln, die sich bereits darunter abzeichneten. Er hatte gehört, wie er zu ihm gerannt kam, während er zu Boden fiel, und ihm war, als hätten seine kleinen Hände ihn davor bewahrt, in die Grube zu fahren.

Als Olga ihn mit seinem Namen ansprach, hatte er ihr geantwortet und sich dabei gezwungen, sich so zu geben, wie er früher gewesen war: olympisch, angriffslustig. Sie hatten ihn mit aufgeknöpftem Hemd auf ein Sofa gebettet.

»Du bist ein Dickkopf, Olga, du hättest zu Hause bleiben können.«

»Ich bin deine Frau und muss dort sein, wo du bist.«

José hatte sein Lächeln gezeigt, das zu entziffern ihr nie gelungen war.

»Haben die Journalisten schon ihre Anfragen geschickt?«

Natürlich scherzte er, doch dieses Mal gelang es ihm nicht, die Bitterkeit in seiner Stimme zu verbergen. Er würde Aljechin nicht mehr begegnen. Nie mehr. Seine Karriere endete hier in diesem Dorf am Rande des Meeres.

»Es ist Krieg, wer sollte sich in diesen Zeiten schon für eine Schachbegegnung interessieren?«, hatte sie gesagt.

Capablanca hatte ihre Hände ergriffen.

»Sie haben sich auch früher nicht für dein Schachspiel interessiert, sondern für dich, nur für dich, José.«

Es war schwer zu glauben, dass es all das jetzt nicht mehr gab. Keinen Journalisten, der ihm ein Telegramm schickte. Kein Preisgeld, das es zu gewinnen galt. Keinen Titel zu erobern. Nur noch einen kranken Mann, der schwitzend im Sessel saß, in einem Hotelzimmer, und eine Frau, die bei ihm wachte. Eine russische Prinzessin, wie aus einem Roman. Und ein Kind, das nicht in der Lage war, jemanden zu trösten. Der portugiesische Impresario würde nicht zufrieden sein.

Capablanca bat um sein Reiseschachspiel. Das von Morphy.

»Bist du sicher, dass es dich nicht zu sehr belastet?«

»Stell es auf den Kaffeetisch, bitte, und lass uns allein.«

Die folgenden Tage verließ er das Zimmer nicht. Xavier kam morgens, setzte sich auf einen Stuhl im Flur, wartete, bis Olga ihn hereinließ, und ging erst am Abend wieder. Keiner von beiden sprach die Sprache des anderen, aber sie verstanden sich dennoch. Capablanca spielte eine Partie, die nie stattfinden würde, und der Junge sah ihm dabei zu. Mit religiöser Ehrfurcht. Hin und wieder berührte er eine Figur, damit er ihm zeigte, wie sie sich bewegte. Geduldig erklärte Capablanca es ihm noch einmal, damit es sich für immer in das Gedächtnis seiner kleinen Hände einbrannte. Olga ließ sie so oft wie möglich allein.

Sie hatte einen Weg gefunden, ihn zu heilen.

61

Das Endspiel. Es ist ein Spiel, das man vom Ende her erlernt. Von diesem Gedanken war er besessen. Wenn man nicht weiß, wie man jemanden in Bedrängnis bringt und seine Strategie zielstrebig verfolgt, bis man den Gegner endgültig festgenagelt hat, und zwar auf sichere, logische, wasserdichte Weise, braucht man sich gar nicht erst die Mühe zu machen, sich an den Tisch zu setzen. Manchmal dachte er, dass das die einzige Sache war, die er in seinem Leben verstanden hatte. Die ihm schon immer klar gewesen war. Seit er, drei Tage hintereinander, seinem Vater beim Spielen zugesehen und die Regeln entdeckt hatte. Die Eröffnungen hatten ihn schon immer gelangweilt, und erst nach den unheilvollen Tagen von Buenos Aires hatte er beschlossen, sich mit der Theorie der Eröffnung zu beschäftigen. Wie das Mittelspiel stellte die Eröffnung nichts weiter als eine lästige Vorbereitung dar. Wenn man keine groben Fehler beging, entschied sich alles am Schluss.

Nur am Schluss.

62

Die Morgenluft war frisch und roch feucht. Der Omnibus, der sie nach Lissabon bringen sollte und von dort zum Luftschiffhafen, stand auf dem Platz in der Dorfmitte. Capablanca trat aus dem Hotel, in dem sie gewohnt hatten, dem einzigen der gesamten Provinz; sein Schritt war unsicher, doch er schlug Olgas Arm aus. Nur für ein paar Sekunden lehnte er sich an den Brunnen gegenüber dem Hotel, während er sich über den Rand beugte und trank. Er trug einen grauen, sportlich geschnittenen Mantel. Er wirkte noch immer mitgenommen von dem Schwächeanfall, den er zwei Wochen zuvor erlitten hatte, und eine tiefe Falte schnitt ihm in die Wangen; doch all das konnte der natürlichen Würde seiner Haltung nichts anhaben. Der Platz war menschenleer. Von hier waren einst die wenigen Gaukler wieder abgefahren, die es in diese unzugängliche und abgelegene Gegend verschlagen hatte, und von hier aus würden weiterhin die Söhne der Bauern ihr Dorf verlassen.

Der Busfahrer stand wartend da. Er hatte den Hut abgenommen und hielt ihn in den Händen. An diesem Tag gab es keine weiteren Passagiere. Kaum waren Capablanca und Olga eingestiegen, setzte sich der Bus in Bewegung. Die Fenster waren schmutzig. Capablanca wischte mit der Faustkante die Scheibe frei. Über den Bergkämmen jenseits des Dorfes dämmerte eine unerbittliche Sonne herauf. Man hatte ihm eine Stelle hoch oben gezeigt, an der Adler ihre Nester bauten, doch aus der Entfernung konnte er nicht ausmachen, was für Vögel es waren, die jetzt dort am Himmel kreisten. Bei ihrer Ankunft hatte ihm eine ältere Frau aus einem Fenster heraus ein Stück Käse angeboten und ihn in einer Sprache voller Konsonanten angesprochen. Doch jetzt waren alle Fensterläden zugesperrt. Nur ein Mönch mit langem schwarzem Bart und einem Schlüsselbund in der Hand überquerte den Kirchplatz. Der Bus nahm eine enge Linkskurve, dann die anschließende Steigung und bog in eine staubige Landstraße ein, um nach einigen hundert Metern, vor dem letzten Haus des Dorfes, scharf zu bremsen.

Der Fahrer öffnete die Tür.

Ein Knirps in kurzen Hosen und einem Pullover mit zu langen Ärmeln stand mitten auf der Straße.

»Was willst du?«, fragte der Busfahrer.

Xavier antwortete nicht. Er blieb wie angewurzelt stehen. Er schob nur kaum merklich den Kopf nach vorn, um die zwei Fremden zu betrachten, die im Bus saßen.

»Geh nach Hause, um diese Zeit sollten kleine Kinder wie du nicht draußen herumstreichen. Deine Mutter sucht bestimmt schon nach dir.«

Xavier rührte sich noch immer nicht von der Stelle. Für ein Kind machte er ein ziemlich böses Gesicht.

Laut fluchtend wollte der Busfahrer gerade aussteigen und ihn von der Straße entfernen, als handelte es sich um einen großen Stein oder ein totes Tier, als Capablanca ihn am Arm zurückhielt und ihn wieder auf seinen Sitz drückte. Langsam näherte er sich dem Trittbrett und lehnte sich nach draußen.

Die beiden sahen sich lange an, als gäben sie sich ein Versprechen. Olga konnte nur den Nacken ihres José erkennen. Aus dem Fenster sah sie, wie er ausstieg und Xavier einen hölzernen Gegenstand gab. Als er wieder im Bus Platz nahm, war das Kind endlich von der Straße verschwunden und lief weg.

Der Fahrer legte den ersten Gang ein und fuhr nun unaufhaltsam auf der von Ginstern gesäumten Landstraße weiter.

63

Er wusste, wie er sterben würde. Und auch wo. Und wann. Er hatte es mit mathematischer Genauigkeit berechnet. Das Blut würde sein Gehirn überschwemmen wie ein Fluss einen Deich. Jeden Winkel würde es erobern, bis keine Erhebung mehr hervortauchen würde. Ein plötzliches Unwohlsein, ein Stuhl stürzt um, das Licht geht aus. In New York, dem Zentrum der Welt, in seinem Schachclub, dem Manhattan Chess Club. Entweder während einer bedeutungslosen Partie oder nachdem er den Titel zurückerobert haben und ein paar Monate unschlagbar gewesen sein würde. Das würde ihm sogar als Toter gelingen, wenn nötig. Nichts würde mehr an seinem Mythos kratzen. Kein Zögern seiner Hände. Keine weitere Trübung seiner Augen. Seinen Körper würden sie mit einem Spezialflug nach Hause schicken, und die Behörden seiner Insel würden ihm ein Begräbnis zuteil werden lassen, das eines Staatsoberhauptes würdig wäre, mit einer Grabstätte am Mittelgang des Friedhofs Cristóbal Colón, in der Hauptstadt. Auf dem Grabstein nichts als sein Name. Jedes Jahr würden Millionen von Touristen an ihm vorbeidefilieren. Und früher oder später würde, auf einem anderen

Friedhof, ein besonders aufmerksamer Postbote seiner Großmutter einen Brief mit seinem Konterfei darauf zustellen.

Vielleicht würde sich eines Tages sogar der Schatten Xaviers auf den Grabstein legen.

Estoril, Freitag, 29. März 1946

64

In den letzten Tagen jener Woche hatte Inspektor Soares noch mehrmals das Hotel Inglaterra aufgesucht. Die These des Herzanfalls überzeugte ihn nicht und noch weniger die des Todes durch Ersticken. Für ihn handelte es sich um einen klaren Fall einer Rechnungsbegleichung. Politischer Natur. Er zweifelte nicht im Geringsten daran. Ein spanischer Anarchist, der irgendwo in den Bergen des Alentejo die Grenze überquert hatte. Ein Kommunist, der in Lissabon ein geheimes Netz seiner Partei unterhielt. Leute, die in keiner Kartei zu finden waren und die keine Spuren hinterlassen hatten. Ein perfektes Stück Arbeit, in seiner Art.

Nur eines gab ihm Rätsel auf: Hatten sie vorgehabt, einen Selbstmord vorzutäuschen? Wie auch immer, jedenfalls war es gelungen, so oder so.

Dem Portier war gleich klar gewesen, dass dieser Mann der PIDE angehörte, der Geheimpolizei. Daran, wie er die Verhöre führte. Schon anhand seiner Augen hätte er es sagen können. Um ihn in keiner Weise zu reizen – seine Frau schlief bereits nicht mehr vor Angst –, hatte er ihm diensteifrig seine Zusammenarbeit angeboten. Aber er konnte ihm nicht allzu viel erzählen. Der Fremde hatte feste Angewohnheiten gehabt. Nie hatte sich jemand nach ihm erkundigt. Nur am Nachmittag vor seinem Tod war ein Kind von nicht einmal zehn Jahren hereingekommen. Der Junge hatte ihn gefragt, ob ein Russe hier wohne. Der Fremde war nur wenige Schritte entfernt gewesen. Er las gerade die Sportzeitung *A bola*. Er erhob sich und ging dem Jungen entgegen. Die zwei unterhielten sich eine Weile, dann folgte der Junge dem Fremden zu seinem Tisch und holte aus seinem Rucksack ein Reiseschachspiel hervor. Er wollte keinen anderen Vorteil als den des ersten Zugs. Das hatte der Portier mit eigenen Ohren gehört.

Der Inspektor lauschte ihm aufmerksam. Aber an weitere Einzelheiten erinnerte sich der Portier nicht. Die Episode war ihm nicht wichtig erschienen.

»Alles kann wichtig sein«, sagte Vicente Soares.

Um ehrlich zu sein, gestand der Portier, hatte er sie schnell vergessen, die Episode, wie die beiden eine Partie gespielt hatten. Sie waren nicht laut gewesen, es war, als ob sie nicht einmal geatmet hätten. Nur ein paar Stunden später hatte er hinter seinem Tresen gehört, wie ein Stuhl gerückt wurde. Das Kind hatte den schwarzen König in seine Tasche gesteckt und sich den Rucksack über die Schulter gehängt.

»Wer hat es dir beigebracht?«, hatte der Russe ihn gefragt.

Der Junge hatte einen Namen genannt, aber der Portier vom Hotel Inglaterra hatte ihn sich nicht gemerkt. Er wusste nur noch, dass er spanisch geklungen hatte, auch wenn er es nicht hätte beschwören können.

»Die Züge, die ich gespielt habe, hat er mir diktiert, als ich ihn zum letzten Mal gesehen habe«, hatte das Kind zu dem Russen gesagt. »Einen nach dem anderen. Ich habe nichts anderes getan, als sie auswendig zu lernen. Er hat jeden Ihrer Züge vorhergesagt und sich kein einziges Mal geirrt.«

Der Russe fasste sich an die Stirn.

»Das Schach können Sie behalten«, sagte das Kind noch, »es hat ihm gehört, aber ich musste ihm versprechen, dass ich nach dieser Partie nicht mehr damit spielen würde.«

Inspektor Vicente Soares sah dem Portier in die Augen. Am liebsten hätte er ihn auf der Stelle eingesperrt, so wütend war er. Sobald sich eine Gelegenheit ergab, würde er eine Durchsuchung vornehmen, das schwor er sich. Wenn sie nichts fänden, würde er ihm einen Prostitutionshandel anhängen, diesem verdammten Idioten. Da ließ er sich den einzigen Namen entgehen, der ihm hätte nützlich sein können. Aber vielleicht ging die Fantasie allmählich mit ihm durch. Vielleicht war es wirklich nur ein Herzinfarkt gewesen. Wie auch immer, er hatte in Lissabon weitere Nachforschungen angeordnet. Damit ihm endgültig die Lust verging. Wahrscheinlich würden sie keine neuen relevanten Informationen zutage bringen, würde es bei der Beobachtung eines Kollaborateur bleiben, dem am Abend von Aljechins Tod am Bahnhof Rossio ein Junge mit einem grauen Rucksack aufgefallen war. Ein brünetter Bub, den er noch nie in der Gegend gesehen hatte. Er war in einen Zug gestiegen, einen dieser Nahverkehrszüge, die in die Provinz fuhren.

Selbst wenn der Junge in diese seltsame Sache verstrickt war, würde er ihn nie finden, das wusste er.

Dieses Buch hat vierundsechzig Kapitel, ebenso viele, wie ein Schachbrett Felder hat.

Vierundsechzig kleine weiße und schwarze Quadrate, auf denen die Geschichte spielt, die es erzählt. Vielleicht deshalb, weil Romane für mich mehr mit der Geometrie und der Mathematik des Schachs zu tun haben als mit jener undefinierbaren und ungreifbaren Sache, die wir Literatur nennen. Sie sind für mich ein Duell aus Eröffnungen und Endspielen, geheimen Strategien und Figurenopfern.

Diese Geschichte Capablancas widme ich Francesca, die mich immer besiegt hat.

Und Patrizia, mit der ich die Kindheit geteilt habe, in der Hoffnung, sie möge mir einen falschen Zug verzeihen, sowie Andrea Malagamba, als eine Art Milonga für seine Stimme.

Bahnstrecke Viterbo-Orte-Rom